Deseo™

El objeto de su deseo

BRENDA JACKSON

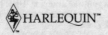

HARLEQUIN™

Editado por HARLEQUIN IBÉRICA, S.A.
Núñez de Balboa, 56
28001 Madrid

I.S.B.N.: 978-84-671-9100-4
Depósito legal: B-39109-2010
Editor responsable: Luis Pugni
Preimpresión y fotomecánica: M.T. Color & Diseño, S.L.
C/ Colquide, 6 portal 2 - 3º H. 28230 Las Rozas (Madrid)
Impresión y encuadernación: LITOGRAFÍA ROSÉS, S.A.
C/ Energía, 11. 08850 Gavá (Barcelona)
Imagen de cubierta: DON STEVENSON/DREAMSTIME.COM
Fecha impresion para Argentina: 20.6.11
Distribuidor exclusivo para España: LOGISTA
Distribuidor para México: CODIPLYRSA
Distribuidores para Argentina: interior, BERTRAN, S.A.C. Vélez
Sársfield, 1950. Cap. Fed./ Buenos Aires y Gran Buenos Aires,
VACCARO SÁNCHEZ y Cía, S.A.
Distribuidor para Chile: DISTRIBUIDORA ALFA, S.A.

Prólogo

Callum Austell estaba sentado con las piernas estiradas frente a él mientras miraba al hombre acomodado detrás del enorme escritorio de roble. Ramsey Westmoreland y él eran amigos desde que se conocieron y Callum acababa de convencerlo de que él era el hombre que le daría a su hermana Gemma la felicidad que ésta merecía.

Callum sabía que sus planes tenían un pequeño fallo, que se volvería contra él si Gemma Westmoreland llegaba a descubrir que el viaje a Australia que pensaba ofrecerle tenía como único propósito sacarla de su entorno familiar y demostrarle lo mucho que la amaba.

—Espero que sepas lo que estás haciendo —dijo Ramsey, interrumpiendo los pensamientos de Callum—. Gemma se pondrá furiosa contigo si alguna vez descubre la verdad.

—Se lo diré antes de llegar a ese punto, pero no antes de que se enamore de mí —replicó Callum.

Ramsey enarcó una ceja.

—¿Y si eso no ocurre?

El intenso empeño de Callum resultaría muy romántico para cualquier otra mujer, pero Ramsey estaba convencido de que su hermana, que no tenía ni una fibra de romanticismo en su cuerpo, no vería las cosas de esa manera.

El rostro de Callum expresaba determinación.

–Se enamorará de mí –acto seguido, sus ojos mostraron un asomo de desesperación–. Maldita sea, Ram, tiene que hacerlo. En cuanto la vi, supe que era la mujer de mi vida.

Ramsey respiró hondo. Deseó haber sentido lo mismo cuando vio por primera vez a Chloe, su esposa, pues se habría ahorrado muchos problemas. Los sentimientos que Chloe había despertado en él habían sido todo menos honorables.

–Somos amigos, Callum, pero si le haces daño a mi hermana tendrás que lidiar con un Westmoreland enfadado. Espero que tus intenciones con Gemma sean serias.

Callum se inclinó hacia delante.

–Me voy a casar con ella.

–Primero tendrá que aceptar tu proposición.

Callum se puso en pie.

–Y lo hará. Tú concéntrate en el hijo que Chloe y tú esperáis para dentro de un par de meses, que yo me ocuparé de Gemma.

Capítulo Uno

Gem, lo siento. Espero que algún día seas capaz de perdonarme.

Niecee.

Gemma Westmoreland enarcó una ceja tras leer la nota que aparecía en la pantalla de su ordenador. Dos preguntas la asaltaron inmediatamente. ¿Dónde estaba Niecee, que se suponía que debía de estar en la oficina desde hacía más de una hora, y por qué se estaba disculpando?

El vello de la nuca empezó a erizársele y no le gustó nada la sensación. Había fichado a Niecee Carter seis meses atrás, cuando su empresa Designs by Gem empezaba a repuntar gracias al suculento contrato que había firmado con el Ayuntamiento de Denver para redecorar varias de las bibliotecas de la ciudad. A continuación, Gayla Mason le pidió que renovara su mansión. Y por último, su cuñada Chloe, la contrató para remodelar la redacción que su célebre revista, *Simplemente Irresistible,* tenía en Denver.

Gemma necesitaba ayuda desesperadamente y Niecee contaba con más dotes administrativas que el resto de candidatas que había entrevistado. Le había dado el trabajo sin comprobar sus referencias, algo que su hermano mayor, Ramsey, le había desaconsejado. Pero ella no le hizo caso, creyendo que se llevaría bien con la vivaz Niecee. Y así había sido, pero ahora, mientras conectaba con el banco a través de Internet, se preguntó si no debería haber seguido el consejo de su hermano.

Gemma tenía once años cuando Ramsey y su primo Dillon asumieron la responsabilidad de criar a trece hermanos después de que un accidente de avión pusiera fin a las vidas de los padres de ambos. En esa época Ramsey se había convertido en su roca, en su protector. Y ahora era, al parecer, el hermano al que debería haber escuchado cuando le ofreció asesoramiento sobre cómo llevar su empresa.

Lanzó un grito ahogado al descubrir que el saldo de su cuenta corriente señalaba 20.000 dólares menos. Presa de los nervios, hizo clic en el botón de las transacciones y vio que se había cobrado un cheque por esa cantidad, un cheque que no había extendido ella. Ahora sabía a qué se debía la disculpa de Niecee.

Gemma dejó caer el rostro entre sus manos y sintió ganas de llorar, pero decidió no hacerlo. Tenía que idear un plan para recuperar ese dinero. De un momento a otro empezaría a recibir facturas de sus proveedores de telas, obras de arte y objetos de artesanía, por nombrar a unos pocos y estaba claro que no tenía fondos suficientes para pagar sus deudas.

Empezó a recorrer la oficina de un lado a otro, consumida por la cólera. ¿Cómo se había atrevido Niecee a hacerle algo así? Si necesitaba el dinero, no tenía más que pedírselo. Gemma no habría podido sacar esa cantidad de sus propios ahorros, pero podría haberle pedido dinero prestado a alguno de sus hermanos o primos.

Soltó un suspiro de frustración. Tendría que denunciarlo a la policía. Su lealtad hacia Niecee había desaparecido en el momento en que su ex empleada le había robado. Debería haber sospechado algo, pues Niecee había estado muy callada durante los últimos días. Gemma pensó que era a causa del inútil de su novio, con el que vivía y que apenas trabajaba. ¿Habría sido idea de él? Aunque poco importaba, pues Niecee debería haber sabido distinguir entre lo que está bien y lo que está mal, y apropiarse ilícitamente del dinero de la empresa estaba muy pero que muy mal.

Tomando asiento al lado de su escritorio, Gemma descolgó el auricular y volvió a depositarlo inmediatamente. Si llamaba al sheriff Bart Harper, que había sido compañero de colegio de Ramsey y Dillon, para denunciar los hechos, no le cabía la menor duda de que tanto su hermano como su primo acabarían enterándose. Y éstas eran los dos últimas personas que debían saber lo ocurrido, más que nada porque ambos habían tratado de convencerla de que no abriera el estudio de decoración de interiores.

Durante el año anterior las cosas le habían ido bastante bien. Aunque llevaba la empresa ella sola, sus hermanas Megan y Bailey la ayudaban de vez en cuando, y sus hermanos Zane y Derringer le echaban una mano cuando hacía falta levantar objetos pesados. Pero cuando empezaron a llegar los encargos importantes, publicó anuncios en periódicos e Internet para encontrar secretaria.

Se puso en pie y volvió a recorrer de un lado a otro la habitación. Bailey todavía estaba en la universidad y no disponía de mucho dinero y Megan le había comentado la semana anterior que estaba ahorrando para las vacaciones. Tenía planeado visitar a su prima Delaney, que vivía en Oriente Medio con su marido y sus dos hijos.

Zane y Derringer eran generosos y, como eran solteros, tendrían dinero disponible. Pero hacía poco que habían reunido sus ahorros para adquirir una franquicia de cría y doma de caballos junto con su primo Jason, por lo que no podría contar con ellos. Y el resto de sus hermanos y primos estaban todavía en el colegio o tenían sus propios negocios e inversiones.

¿Dónde demonios iba a conseguir veinte mil dólares?

Se quedó mirando el teléfono fijamente y de pronto se dio cuenta de que estaba sonando. Descolgó el auricular rápidamente, esperando que fuera Niecee para decirle que pensaba devolverle el dinero o, mejor aún, que todo había sido una broma.

–¿Dígame?

–Hola, Gemma. Soy Callum.

Ella se preguntó por qué la llamaba el encargado de la granja ovina de Ramsey.

–Dime, Callum.

–Me preguntaba si podíamos vernos para hablar de un asunto de negocios.

Ella enarcó una ceja.

–¿Un asunto de negocios?

–Eso es.

Pensó que una reunión de negocios era lo que menos le apetecía en ese momento, pero se dio cuenta rápidamente de que no podía permitir que el asunto de Niecee interfiriera en la marcha de la empresa.

–¿Cuándo te viene bien?

–¿Qué te parece hoy a la hora de comer? Podríamos ir a McKay's.

Se preguntó si él sabría que McKay's era su lugar favorito para almorzar.

–Vale, me viene bien. Nos vemos a las doce del mediodía –sugirió ella.

–Estupendo. Hasta luego, entonces.

Gemma se quedó con el teléfono entre las manos, pensando en lo mucho que le gustaba oír el acento australiano de Callum. Sonaba muy sexy. Y es que era un hombre muy atractivo, algo en lo que intentaba no pensar, más que nada porque era íntimo amigo de Ramsey. Además, según Jackie Barnes, una enfermera que trabajaba con Megan en el hospital y que se había vuelto loca por Callum cuando éste llegó por primera vez a Denver, tenía novia formal en Australia. Claro que… ¿y si lo habían dejado? ¿Y si además de estar como un tren, estaba disponible? ¿Y si se olvidaba de que era amigo de su hermano mayor? ¿Y si…?

Desterró esos pensamientos de su mente y volvió a tomar asiento, dispuesta a encontrar la manera de solucionar su situación financiera.

Callum Austell se echó hacia atrás en la silla del restaurante y echó un vistazo a su alrededor. Había comido allí por primera vez con Ramsey cuando estaba recién llegado a Denver y le había gustado. Decidió que era el sitio ideal para poner en marcha un plan que debería haber llevado a cabo hacía mucho tiempo.

No sabía con exactitud cuándo decidió que Gemma Westmoreland era la mujer de su vida. Proba-

9

blemente fue el día en que estaba ayudando a Ramsey a construir el granero y Gemma regresó de la universidad recién licenciada. El momento en que salió corriendo del coche para abrazar a su hermano mayor. Callum se sintió como si le hubieran dado un mazazo. Y cuando Ramsey los presentó y ella le dedicó una de sus espléndidas sonrisas pensó que ya nada sería nunca igual. Su padre y sus dos hermanos mayores le habían advertido que así sería el día que conociera a la mujer que el destino le tenía guardada, pero él no los había creído.

Eso había ocurrido hacía cosa de tres años, cuando ella no tenía más que veintidós. Había esperado pacientemente a que ella madurara, observándola desde la distancia. Y cada día que pasaba, más enamorado estaba. Finalmente, consciente del sentimiento protector que Ramsey profesaba hacia sus hermanos y hermanas, sobre todo hacia estas últimas, Callum sacó fuerzas de flaqueza y le confesó a su amigo lo que sentía por Gemma.

Al principio a Ramsey no le hizo gracia la idea de que su mejor amigo se sintiera atraído sexualmente por una de sus hermanas, pero Callum le convenció de que era algo más que deseo sexual: Gemma era la mujer para él.

Ramsey había vivido durante seis meses con la familia de Callum en el rancho de los Austell, aprendiendo el oficio con el fin de abrir su propio negocio en Denver. Había pasado el tiempo suficiente con los padres y los hermanos de su amigo como para saber lo entregados que eran los hombres Austell cuando se enamoraban.

El padre, que ya había renunciado a encontrar el

amor verdadero, viajaba de vuelta de Estados Unidos a su país, Australia, donde estaba comprometido con una compatriota. Pero en el viaje conoció a la madre de Callum. Era una de las azafatas del avión. Todd Austell se las arregló para convencer a Le'Claire Richards, de Detroit, de que cortar con su prometida y casarse con ella era una buena idea. Y así había sido, evidentemente, pues treinta y siete años después seguían casados y enamorados y tenían, como muestra de ese amor, tres hijos y una hija. Callum era el más pequeño de los cuatro y el único que seguía soltero.

Sus pensamientos volvieron a centrarse en Gemma. Según Ramsey, era la más fogosa y rebelde de las hermanas. Su amigo le había aconsejado que lo meditara largo y tendido antes de tomar una decisión. Finalmente, Callum le comunicó a Ramsey que una mujer apasionada y difícil de manejar era lo que a él le gustaba y que estaba seguro de que Gemma era la mujer de su vida.

Ahora sólo quedaba convencer a Gemma…

Sabía que ésta no tenía intención de entablar una relación seria con ningún hombre, después de ser testigo de cómo dos de sus hermanos, y varios de sus primos, habían tratado a las mujeres a lo largo de los años. Según Ramsey, Gemma estaba decidida a no dejar que ningún hombre le rompiera el corazón.

Callum se puso derecho al ver que Gemma entraba en el restaurante. Su corazón dio un brinco, como siempre que la veía. Amaba a esa mujer. Se puso en pie mientras ella se acercaba a la mesa. Gemma debía de medir un metro setenta y cuatro, la altura ideal para su cuerpo de uno noventa y dos, y tenía muy buen tipo. Su pelo oscuro, generalmente a la altura de los hombros, estaba recogido en una coleta. Tenía unos ojos brillantes de color castaño claro, que estaban casi tapados por el flequillo. Parecía nerviosa, como si tuviera muchos motivos de preocupación.

–Callum –lo saludó sonriente.

–Gemma. Gracias por venir –respondió él tendiéndole la mano.

–De nada –dijo ella tomando asiento–. Dijiste que querías hablar de negocios…

–Sí, pero primero pidamos algo de comer. Estoy hambriento.

–Por supuesto.

La camarera llegó con los menús y dejó dos vasos de agua.

–Espero que te guste este sitio.

–Me encanta –sonrió Gemma–. Es uno de mis favoritos. Tiene unas ensaladas estupendas.

–¿Ah, sí? No soy muy aficionado a las ensaladas. Prefiero algo más contundente, como el filete con patatas fritas que, según he oído, aquí lo preparan genial.

–No me extraña que Ramsey y tú seáis tan amigos. Ahora que está casado con Chloe estará en el paraíso. Es muy buena cocinera.

–Seguro. No me puedo creer que esté casado.

–Sí, mañana hacen cuatro meses. Y nunca he visto a mi hermano tan feliz.

–Sus chicos también están contentos, ahora que Nellie ha dejado de ser la cocinera –comentó él–. Era muy desorganizada y nadie lamentó que se fuera a vivir cerca de su hermana cuando su matrimonio fracasó.

Gemma asintió.

–He oído que la nueva cocinera es magnífica, aunque la mayoría de los chicos prefieren las comidas de Chloe. Pero ella sólo quiere dedicarse a Ramsey y a su próxima maternidad. Ya le queda poco. Tengo muchas ganas de ser tía. ¿Tienes sobrinos?

–Sí. Mis dos hermanos mayores y mi hermana están casados y tienen un hijo cada uno. Estoy acostumbrado a estar con niños. También tengo una ahijada que dentro de poco cumplirá un año.

La camarera volvió en ese momento y a Callum le fastidió la interrupción. A Gemma, en cambio, no le importó. Aunque había visto a Callum muchas veces, nunca se había fijado en lo fuerte que era. Era muy masculino. Y tenía que empezar a prestar atención a lo que decía, en lugar de en cómo lo decía. Su fuerte acento australiano la excitaba; cada vez que abría la boca sentía algo parecido a una caricia cálida y sensual. Y además, era tan guapo… Entendía perfectamente por qué Jackie Barnes y muchas otras mujeres perdían la cabeza por él. Era alto y fuerte y el pelo castaño le llegaba hasta los hombros. Casi siempre se hacía coleta, pero aquel día lo llevaba suelto. Gemma le había oído contar a su hermana Megan que había heredado los labios carnosos y el cabello oscuro de su madre, que era afroamericana, y los ojos verdes y la mandíbula cuadrada de su padre.

–¿Qué piensas de lo de Dillon y Pamela?

La pregunta de Callum interrumpió sus pensamientos.

–Creo que es maravilloso. Esta familia lleva mucho tiempo sin tener bebés. Gracias a Chloe y a Pamela, vamos a tener a dos bebés a los que malcriar. Tengo unas ganas…

–¿Te gustan los niños?

–Sí, desgraciadamente soy una de esas personas que se vuelven locas por ellos, por eso mis amigas están todo el día llamándome para que haga de canguro.

–Podrías casarte y tener los tuyos propios.

Ella hizo una mueca.

–Gracias, pero no. Por ahora, no pienso casarme, si es que lo hago alguna vez. Imagino que habrás oído esa broma familiar de que no pienso salir en serio con nadie. Pues bien, no es ninguna broma, es la verdad.

–¿Y eso es por lo que viste que hacían tus hermanos cuando eras pequeña?

Así que lo había oído.

–Creo que vi y oí demasiado. Mis hermanos y mis primos tienen fama de donjuanes. No les importaba romper corazones. Ramsey solía tener novias formales, pero Zane y Derringer eran unos seductores natos. Y lo siguen siendo. Todavía recuerdo las veces en que Megan y yo, e incluso Bailey, que era tan pequeña que todavía jugaba con muñecas, recibíamos llamadas de chicas llorando con el corazón roto después de haber sido cruelmente abandonadas por uno de mis hermanos o primos.

Megan y Bailey solían escaquearse rápidamente, pero Gemma era de las que tomaban asiento y escuchaban pacientemente los dolorosos detalles de las rupturas, hasta que ella también acababa llorando. Cuando tuvo edad de empezar a quedar con chicos decidió que nunca permitiría que un hombre la convirtiera en una de esas desgraciadas. Le aterraba la idea de enamorarse de alguien que un buen día pudiera abandonarla. Además, estaba convencida de que ningún hombre merecía ni una sola de sus lágrimas y tenía la intención de no derramarlas jamás. Dentro de poco cumpliría veinticinco años y, de momento, había conservado su corazón, y su virginidad, intactos.

–¿Y por eso no quieres tener una relación seria?

Ella respiró hondo. Había mantenido esa conversación con sus hermanas muchas veces, y se preguntó por qué estaría Callum interesado.

–Por lo que a mí respecta, es una buena razón. Esas chicas estaban enamoradas de mis hermanos y mis primos y creían que ellos les correspondían. Y mira a qué les condujo.

Callum pensó para sí que muchos hombres disfrutaban de las relaciones femeninas antes de sentar cabeza. Se preguntó qué pensaría ella si supiera cómo se había portado él antes de conocerla. Aunque no se consideraba un mujeriego, había salido con muchas chicas. Había disfrutado de la vida y de sus relaciones con el sexo opuesto mientras esperaba a que llegara la chica de sus sueños. Y en el momento en que esto ocurrió no tuvo ningún problema en poner punto y final a su vida de soltero libre y sin compromiso.

La camarera volvió con los platos, y hablaron de trivialidades mientras almorzaban. Una vez hubieron terminado, Gemma se echó hacia atrás y sonrió a Callum.

–Ha sido un almuerzo estupendo. Ahora, hablemos de negocios.

Él rió y tras tomar la carpeta que había dejado sobre una silla, se la tendió a Gemma.

–Éste es el dossier de la casa que compré el año pasado. Me gustaría que te encargaras de la decoración.

Callum vio cómo sus ojos se iluminaban. Le encantaba su trabajo y se le notaba en la cara. Gemma abrió la carpeta y estudió cuidadosamente todos y cada uno de los detalles de la casa. Callum había dado en el clavo: le estaba ofreciendo casi novecientos metros cuadrados de espacio para que hiciera con ellos lo que quisiera. Era el sueño de cualquier decoradora de interiores.

—Es preciosa. Y enorme. No sabía que te habías comprado una casa.

—Sí, pero todavía está vacía, y quiero convertirla en un verdadero hogar. Me gustó cómo decoraste la casa de Ramsey y pensé que serías la persona ideal para este proyecto. Me hago cargo de que, dada su extensión, te llevará mucho tiempo, pero estoy dispuesto a pagarte bien. Como ves, todavía no he elegido ni los muebles. No sabría por dónde empezar.

Aquello no era del todo verdad. Varios diseñadores se habían ofrecido a decorarle la casa, pero él la había comprado pensando en ella.

—Veamos… Son ocho dormitorios, seis cuartos de baño, una cocina gigante, un salón, un comedor, un cuarto de estar, sala de cine, cuarto de juegos y sauna. Es mucho espacio para un hombre soltero.

Él soltó una carcajada.

—Lo sé, pero no pienso estar soltero toda la vida.

Gemma asintió, pensando que seguramente había decidido sentar la cabeza y traerse a su novia australiana. Volvió a mirar los documentos. Le encantaba el proyecto. Y le iba a tomar su tiempo, pero necesitaba el dinero.

—¿Qué me dices, Gemma?

Ella lo miró sonriendo de oreja a oreja.

–Que acabas de conseguir a una diseñadora de interiores.

Callum le devolvió la sonrisa y Gemma sintió un escalofrío recorriéndole el estómago.

–Me gustaría verla cuanto antes.

–Ningún problema. ¿Cuándo estás libre?

Ella consultó la agenda del teléfono móvil.

–¿Qué te parece mañana a eso de la una?

–Lo voy a tener complicado.

–Ah, ya veo –pensó que seguramente tenía algo que hacer en el rancho de Ram a esa hora, por lo que sugirió otra fecha–. ¿Qué tal el miércoles a mediodía?

Él se rió.

–No voy a poder antes del lunes a las doce.

Ella comprobó que estaba libre ese día y asintió.

–Perfecto. El lunes a las doce.

–Muy bien, entonces organizaré los vuelos.

Gemma volvió a meter el móvil en el bolso y se lo quedó mirando.

–Perdona, ¿qué has dicho?

–He dicho que organizaré los vuelos. Si queremos ver la casa el lunes al mediodía tenemos que salir como muy tarde el jueves por la mañana.

Gemma frunció el ceño.

–¿El jueves por la mañana? ¿Pero dónde está tu casa?

Callum se arrellanó en el asiento y le lanzó una sonrisa radiante.

–En Sidney, Australia.

Capítulo Dos

Gemma no necesitaba mirarse en un espejo para saber que su expresión era de asombro absoluto. Tenía tal nudo en la garganta que no pudo emitir palabra alguna, así que se limitó a mirar a Callum como si hubiera perdido la cabeza.

–Ahora que ya está todo decidido, tomemos el postre –dijo Callum abriendo el menú.

Ella le tocó la mano al tiempo que meneaba la cabeza.

–¿Qué pasa? –preguntó–. ¿No quieres postre?

Gemma respiró hondo y dispuso las manos en forma de T.

–Tiempo muerto.

Él enarcó una ceja.

–¿Tiempo muerto?

–Sí. No sé si he entendido bien lo del vuelo del jueves y Sidney, Australia. ¿Me estás diciendo que la casa que quieres que decore está en Sidney?

–Por supuesto, ¿dónde iba a estar si no?

Ella hizo todo lo posible de no ponerle mala cara, al fin y al cabo, se trataba de un cliente potencial.

–Pensé que quizá en Denver –repuso tratando de mantener la calma.

–¿Y por qué pensaste algo así?

–Pues porque llevas viviendo en este país casi tres años.

–Sí, pero nunca he dicho o insinuado que no volvería a mi país. Vine a echarle una mano a Ramsey, y ahora que se las apaña ya no me necesita. Así que puedo volver a casa y…

–Casarte –añadió Gemma.

Callum se rió entre dientes.

–Como te comentaba antes, no pienso estar soltero toda la vida.

–¿Y cuándo piensas casarte con ella?

–¿Quién es ella?

Gemma se preguntó por qué algunos hombres se hacían los tontos cuando se mencionaba a sus novias.

–La chica que te espera en Australia.

–Umm, no sabía que existiera esa persona.

Gemma se lo quedó mirando con expresión de incredulidad.

–¿Me estás diciendo que no tienes novia o prometida en Australia?

–Exacto. ¿Dónde has oído algo semejante?

–Me lo dijo Jackie Barnes. Y todo el mundo pensó que se lo habías dicho tú.

Callum sacudió la cabeza.

–No se lo dije yo, pero creo que sé quién empezó el rumor. Fue tu hermano Zane. Me quejé de que Jackie se estaba poniendo muy pesada y a él se le ocurrió que la mejor manera de deshacerse de una mujer como ella era hacerle creer que ya estaba comprometido.

–Ya veo.

Aquello era muy propio de Zane. Seguro que en

el fondo lo que quería era que Jackie perdiera el interés por Callum y lo centrara en él. Su hermano era un mujeriego empedernido, al igual que Derringer. Menos mal que los gemelos, Adrian y Aidan, estaban todavía en la universidad, donde su única preocupación era sacar el curso.

—Así que pensabas que tenía a alguien esperándome en mi país…

Gemma se encogió de hombros.

—Bueno, eso es lo que creíamos todos. No sales con chicas y siempre que celebramos algo vienes solo.

«Y trato de pasar todo el tiempo que puedo contigo», pensó él.

—Eres tan solitario como lo era Ramsey –añadió–. Si lo que pretendías era ahuyentar a las mujeres, te ha funcionado.

Callum bebió un poco preguntándose si la razón por la que ella no había advertido su interés era que pensaba que ya estaba comprometido.

—Callum, en cuanto al viaje a Australia…

Él se imaginó los derroteros que iba a tomar la conversación y tenía preparados los argumentos para convencerla.

—¿Qué te preocupa? Si no estás convencida, lo entiendo, no te preocupes. Me había puesto en contacto con otra decoradora por si acaso tú no podías hacerlo. Jeri Holliday, de Jeri's Fashion Designs, me ha dicho que le encantaría hacer el trabajo y que puede estar lista para viajar a Australia en un abrir y cerrar de ojos.

«Por encima de mi cadáver», pensó Gemma al tiempo que se enderezaba en su asiento. Jeri Holliday llevaba años tratando de robarle clientes.

–Creo que le gustó la cantidad que ofrezco: cincuenta mil dólares, la mitad por adelantado.

Sus palabras dejaron a Gemma boquiabierta.

–¿Perdona, cómo dices?

Sonrió.

–Digo que teniendo en cuenta que le estoy pidiendo a alguien que me dedique al menos seis semanas, ofrezco cincuenta mil dólares para empezar.

Incrédula, Gemma se inclinó hacia él y le habló en voz baja, como si los comensales de la mesa vecina pudieran oír su conversación.

–¿Me estás diciendo que pagas veinticinco mil por adelantado y otros tantos al final del proyecto, y que esa cantidad cubre sólo el trabajo en sí, sin contar los materiales?

–Sí, eso mismo.

Gemma se mordió el labio inferior. Esos veinticinco mil dólares le vendrían muy bien a su cuenta bancaria, pues recuperaría lo que Niecee había robado. Por no hablar de los otros veinticinco mil que la estarían esperando una vez terminara el trabajo. Sin embargo, a pesar de lo bien que sonaba todo aquello, podían producirse algunos conflictos.

–¿Para cuándo querrías tenerla acabada, Callum? –quiso saber.

Él se encogió de hombros.

–Te digo lo mismo que a Jeri. Creo que en tomar medidas y hacer los pedidos se puede tardar entre cuatro y seis semanas. También me gustaría que la persona en cuestión se encargara de coordinar la elección de todo el mobiliario, pero eso no corre prisa.

Gemma volvió a morderse los labios.

–Te lo pregunto solamente porque me gustaría estar aquí para cuando nazcan los dos niños, que vendrán con poco tiempo de diferencia.

–No pasa nada; yo me encargaría de los vuelos.

Gemma no pudo evitar preguntarse por qué estaba siendo tan generoso y decidió averiguarlo.

–Siempre me ha gustado ser justo con las personas que trabajan para mí –explicó él–. En cualquier caso, yo también tendré que regresar a echar una mano, pues Ramsey estará liado con Chloe y el bebé. No quiero que tenga que preocuparse del rancho y le prometí que volvería. Y aunque Dillon no me necesite, Pamela y él son como miembros de mi familia, y también me gustaría estar presente cuando nazca su hijo.

Gemma se sintió aliviada. Aun así… ¡Australia! Estaba muy lejos de casa. Y además, un mes, posiblemente, seis semanas. La única vez que había estado fuera tanto tiempo fue durante su época universitaria, en Nebraska. Y ahora estaba considerando no sólo irse a otro país, sino a otro continente. De repente la invadió una excitación que nunca había sentido. No se consideraba una viajera, pero si aceptaba el trabajo que le ofrecía Callum, conocería una parte del mundo que sólo había visto en los libros. Era muy emocionante.

–¿Entonces estás interesada o se lo digo a Jeri Holliday?

No lo dudó ni un momento.

–No tengo ningún problema en desplazarme a Australia y estaré lista para el viaje el jueves. Sólo necesito organizar unas cuantas cosas. Voy a estar fuera un tiempo y tengo que decírselo a mi familia.

De pronto se le ocurrió que a lo mejor a su familia no le hacía gracia que se fuera tan lejos. Ramsey tenía tendencia a ser demasiado protector. Afortunadamente, el nacimiento del bebé, previsto para finales de noviembre, lo mantendrían lo suficientemente ocupado como para no meterse en sus asuntos.

–Genial. Me encargaré de los vuelos y te avisaré cuando esté todo organizado.

–Estupendo.

Callum elevó su vaso para brindar.

–Por las aventuras que te aguardan en el desierto australiano.

Gemma soltó una risita ahogada al tiempo que se unía al brindis.

–Eso. Por las aventuras en el desierto australiano.

De vuelta en casa unas horas más tarde, Gemma les explicaba todo a sus hermanas Megan y Bailey tratando de mantener la calma. Megan era la mayor, con sus veintiséis años, mientras que Bailey tenía veintidós.

–¿Y por qué no lo has denunciado a la policía? Veinte mil dólares es mucho dinero, Gem –quiso saber Megan, que estaba furiosa.

Gemma respiró hondo.

–Me he puesto en contacto con el departamento de seguridad del banco para tratar de recuperar el dinero. No he querido meter al sheriff Harper en el asunto porque es muy amigo de Dillon y de Ramsey. Seguramente el banco acabará enviándole la denuncia, y me imagino que así habrá más posibilidades de que mantenga la boca cerrada, ya que todo parecerá más oficial.

–Ah.

Gemma supo, por la expresión y la respuesta simultánea de ambas hermanas, que se estaba olvidando de algo importante: pocas cosas podía hacer un Westmoreland en aquella ciudad que escapara del control de Dillon y Ramsey. El sheriff Harper, que había sido compañero de instituto de ambos, se encargaría de ello.

–Y no quiero tener que escuchar el «ya te dijimos» de estos dos, pues ninguno me apoyó a la hora de crear la empresa. Contratar a Niecee fue un error mío y ahora tendré que solucionar el problema a mi manera.

–Pero no dejes que salga impune. Me daría mucha rabia que volviera a robarle a otra persona inocente.

–Sí, me encargaré de que no vuelva a hacerlo. Y pensar que me fiaba de ella…

–Confías demasiado en la gente –dijo Megan–. Siempre te lo he advertido.

«Es cierto», pensó Gemma. También lo habían hecho sus hermanos mayores.

–Bueno, ¿qué pensáis de lo de Australia? –preguntó para cambiar de tema.

Megan sonrió.

–Personalmente, creo que es una idea genial y me encantaría poder acompañarte, pero estoy guardando todos los días libres que me dan en el hospital para ir a visitar a Delaney en Teherán.

–Yo también pienso que es genial –intervino Bailey–. Todavía no me puedo creer que Callum no tenga novia en Sidney. ¿Por qué, entonces, no sale con chicas? Que yo sepa no ha salido con nadie en todo el tiempo que lleva en Estados Unidos. Igualito que Zane y Derringer.

–Con lo guapo que es –añadió Megan.

Gemma no pudo evitar sonreír al recordar lo atractivo que le había resultado durante el almuerzo.

–Le había hablado del proyecto a Jeri Holliday, por si acaso yo no aceptaba la oferta.

–Y no cabe duda de que estaba loca por hacerlo –comentó Bailey frunciendo el ceño.

–Por supuesto. Me gustaría que hubierais visto el tamaño de la casa. No puedo creer que haya comprado algo de esas proporciones estando soltero. Ahora que he decidido ir a Australia, tendré que comunicárselo a Ramsey.

Esto no le hacía especial ilusión, pero sabía que tenía que hacerlo. En cualquier caso, Ramsey no tenía por qué enterarse de que Niecee le había robado veinte mil dólares.

–¿No tienes citas o proyectos programados para las próximas seis semanas? –le preguntó Megan mientras la ayudaba a hacer el equipaje.

–No. Esta oferta me ha llegado en el momento adecuado. Tenía pensado tomarme unas buenas vacaciones, pero ahora toca trabajar.

–¿Crees que el hecho de que Callum se haya comprado una casa en Australia significa que va a regresar a su país?

Gemma miró de reojo a Bailey. No se le había ocurrido pensarlo.

–Me imagino que sí.

–Pues qué pena. Me había acostumbrado a verlo

por aquí –protestó Bailey haciendo un mohín–. Ya lo veía como a un hermano mayor.

Gemma dio un hondo suspiro. Por alguna razón, ella nunca lo había considerado un hermano. No se había hecho tan amiga suya como Megan y Bailey, pero tampoco se había cuestionado nunca el porqué de esa reserva. Simplemente, aceptaba la situación tal y como era. ¿Por qué entonces le fastidiaba pensar que él regresaría a Australia y que ella no volvería a verlo más?

Ese pensamiento le hizo sentir incómoda.

Capítulo Tres

–¿Te encuentras bien, Gemma?

Ésta giró la cabeza y miró a Callum. ¿Qué acaba-ba de decir el piloto? Que estaban volando a una al-tura de once mil metros. ¿Le estaría preguntando Callum que cómo se encontraba porque de repente se había puesto de color verde?

No era el momento de explicarle que le tenía pá-nico a volar. Aunque no era la primera vez que se su-bía a un avión, eso no significaba que le gustara.

–Gemma.

Respiró hondo.

–Sí, estoy bien.

–¿Estás segura?

No, no lo estaba, pero él no tenía por qué saber-lo.

–Sí.

Giró la cabeza hacia la ventanilla preguntándose si pedir un asiento junto a la ventana había sido una buena idea. No podía ver nada más que nubes y el reflejo de Callum. Éste olía bien y se preguntó qué colonia llevaría. Estaba muy guapo. Había ido a re-cogerla vestido con unos vaqueros, una camisa de cambray azul y botas de vaquero. Lo había visto de esa guisa multitud de veces, pero por alguna extraña ra-zón, aquel día le parecía diferente.

–La azafata va a servir unos aperitivos. ¿Tienes hambre?

–No, he desayunado bien esta mañana con Ramsey y Chloe.

Él levantó una ceja.

–¿Te has levantado a las cinco de la mañana para eso?

–Sí. Me he puesto el despertador. Pensé que si madrugaba, a estas horas me entraría sueño.

–¿Te da miedo volar?

–Digamos que no es una de mis actividades favoritas –respondió–. Hay otras cosas que me gustan más, como hacerme una endodoncia, por ejemplo.

Él inclinó la cabeza hacia atrás y soltó una carcajada. A Gemma le gustó. Conocía a Callum desde hacía tres años y era la primera vez que oía su risa. Siempre le había parecido muy serio, igual que Ramsey. O por lo menos, como era Ramsey en el pasado. En opinión de Gemma, el matrimonio le había cambiado para mejor.

–Además –añadió ella en tono grave–. Mis padres murieron en un accidente de avión, y no puedo evitar pensar en eso siempre que vuelo. Durante un tiempo juré que nunca me subiría en uno de estos aparatos.

Entonces Callum hizo algo inesperado. Tomó la mano de Gemma entre las suyas.

–¿Cómo superaste ese miedo?

Ella miró sus manos unidas y luego su rostro antes de suspirar profundamente.

–Me negué a vivir aterrada por lo desconocido. Así que un buen día le dije a Ramsey que estaba lista para volar por primera vez. En aquel momento él trabajaba con Dillon en la firma de gestión de tierras Blue Ridge y me invitó a ir con él en un viaje de negocios. Tenía catorce años –esbozó una sonrisa resplandeciente–. Me sacó del colegio durante unos días y volamos a Nuevo México. La primera vez que experimenté turbulencias casi me da un ataque. Pero me calmó con sus palabras. Incluso me obligó a escribir una redacción sobre la experiencia.

La azafata llegó con el carrito de las bebidas, pero Gemma no pidió nada. Callum aceptó una bolsa de cacahuetes y pidió una cerveza. Gemma se arrellanó cómodamente en el asiento. Tenía que admitir que los asientos de primera clase eran muy amplios. Notó que la azafata sonreía a Callum un poco más de lo necesario y recordó algo.

–¿Es verdad que tus padres se conocieron en un vuelo a Australia?

–Sí, es verdad. Mi padre estaba comprometido con otra mujer y volvía a Australia para organizar la boda.

–¿Y se enamoró de otra mujer estando comprometido?

Callum advirtió el tono de alarma en su voz. Sabedor de lo que Gemma pensaba de los hombres que rompen deliberadamente el corazón de las mujeres, se apresuró a explicarse.

–Por lo que he oído, no era más que un matrimonio de conveniencia.

Ella levantó una ceja.

–¿Un matrimonio de conveniencia para quién?

–Para ambos. Ella deseaba un marido rico y él quería casarse para tener hijos. En su opinión, era un arreglo perfecto.

Gemma asintió.

–¿No estaban enamorados?

–No. Él no creía en el amor hasta que conoció a mi madre. Fue como un mazazo, para decirlo con sus propias palabras –rió.

–¿Y qué ocurrió con su prometida?

A Callum le pareció notar pena en su voz.

–No estoy seguro. Lo que sí sé es lo que no le ocurrió.

–¿Qué? –preguntó, curiosa.

–No tuvo la boda que esperaba –sonrió él.

–¿Y eso te parece divertido?

–Pues sí, porque meses después se descubrió que estaba embarazada de otro hombre.

Gemma contuvo el aliento e inclinó la cabeza hacia Callum.

–¿Lo dices en serio?

–Completamente.

–A Ramsey estuvo a punto de pasarle algo parecido, pero Danielle canceló la boda.

–Eso he oído.

–A mí me caía bien.

–También lo he oído. Tengo entendido que le gustaba a toda la familia. Pero eso te demuestra algo.

–¿El qué?

–Que los hombres no somos los únicos que rompemos corazones.

Gemma se reclinó en su asiento y dejó escapar un lento suspiro.

–Nunca he dicho que así fuera.

–¿Ah, no? –preguntó con una sonrisa.

–No, por supuesto que no.

Callum decidió dejarlo estar y se limitó a seguir sonriendo.

—Es hora de que te eches esa siesta. Estás empezando a sonar un poco gruñona.

Para sorpresa de Callum, ella obedeció, lo que le dio la oportunidad de observarla mientras dormía. Experimentó el intenso deseo que sentía siempre que estaba a su lado. Estudió su rostro y pensó que el descanso que da el sueño lo hacía, si cabe, más hermoso. Ya no era la jovencita que había conocido aquel día. En tres años, sus facciones infantiles se habían transformado en las de una mujer, empezando por su sensuales labios. Mientras los recorría con la mirada, se preguntó cómo podían unos labios ser tan carnosos y provocativos.

Contempló sus ojos enmarcados por largas pestañas y luego sus pómulos. Deseó acariciarlos, o aun mejor, recorrerlos con la punta de la lengua y reclamarlos como suyos. Porque ella era suya, aunque no lo supiera todavía. Le pertenecía.

Comprobó que su respiración era acompasada y advirtió el movimiento de su pecho, escondido seductoramente tras una blusa azul claro. Siempre la había encontrado muy sexy y no se había molestado en luchar contra la tentación. La deseaba en la distancia, algo que no podía evitar, pues no había tocado a una mujer en casi tres años. Una vez tuvo claro el papel que esa mujer iba a desempeñar en su vida, disciplinó su cuerpo, sabedor de que Gemma iba a ser la única mujer con la que haría el amor el resto de su vida. El mero hecho de pensarlo hizo que se le endureciera el cuerpo. Aspiró su aroma, cerró el libro que estaba leyendo y colocó su almo-

31

hada. Cerró los ojos y dejó que sus fantasías lo llevaran donde siempre, a ese mundo donde hacía en sueños lo que todavía no podía hacer en la vida real.

Gemma abrió lentamente los ojos. Miró a Callum y vio que se había quedado dormido. Tenía la cabeza inclinada hacia ella. Estaba tan cerca que podía aspirar su aroma masculino. Tenía suficientes hermanos y primos como para saber que cada hombre huele de una manera distinta. Lo mismo se podía decir de las mujeres. Cada persona porta una fragancia única y la que penetraba en su nariz en ese momento le estaba provocando una extraña sensación en el estómago.

Le chocó que nunca le hubiera pasado nada parecido, pero lo cierto es que Callum jamás había estado tan cerca de ella. Generalmente estaban rodeados de otros miembros de la familia. Y no es que en el avión estuvieran solos del todo, pero tenían un mayor grado de intimidad. Hasta podía percibir el sonido de su acompasada respiración.

Cuando fue a buscarla a casa, ella ya estaba preparada. Lo había visto en vaqueros muchas veces, pero había algo en el par que llevaba aquel día que le cortó la respiración. Cuando se agachó para recoger las maletas, se le marcaron los muslos flexionados bajo el tejido. Y luego estaban esos musculosos brazos bajo la camisa de vaquero. Gemma se había quedado contemplando su cuerpo más tiempo del necesario.

Ahora lo observaba de cerca, fascinada por su belleza y se preguntaba cómo se las había arreglado para mantener a las mujeres a distancia tanto tiempo. Una parte de ella le decía que no era sólo por la historia que se había inventado Zane de la novia que lo esperaba en Australia. Ese cuento podía apartar a algunas mujeres como Jackie, pero no a otras mucho más atrevidas. Era más bien su actitud, parecida a la de Ramsey. Antes de conocer a Chloe, la mayoría de las mujeres se lo hubieran pensado dos veces antes de acercarse a su hermano. Emanaba un halo de inaccesibilidad siempre que le convenía. Pero, por alguna razón, nunca había considerado a Callum tan inabordable como Ramsey. Siempre que habían hablado él se había mostrado muy agradable.

–Ay…

La palabra se le escapó de la boca en un tono frenético cuando el avión entró en una zona de turbulencias.

–¿Estás bien?

Callum se había despertado.

–Sí, es que no me lo esperaba. Perdona que te haya despertado.

–No pasa nada –repuso él, incorporándose en el asiento–. Llevamos unas cuatro horas de viaje; tarde o temprano teníamos que encontrar un bache de aire.

Ella tragó saliva al notar otra sacudida.

–¿A ti no te afectan?

–No tanto como antes. Cuando era pequeño mis hermanos y yo volábamos con mi madre a Estados Unidos para visitar a los abuelos. Las turbulencias me parecían tan emocionantes como una vuelta en la montaña rusa; me resultaban divertidísimas.

Gemma puso los ojos en blanco.

–No hay nada divertido en la sensación de estar en un avión que se sacude con tanta violencia que parece que se va a romper.

Él dejó escapar un risita.

–No te va a pasar nada, pero deja que compruebe que tienes bien abrochado el cinturón por si acaso.

Y, sin más, le pasó el brazo por la cintura para palpar el cinturón. Gemma sintió cómo sus dedos le rozaban el estómago y experimentó un escalofrío. Lo miró a los ojos y supo en ese momento que algo estaba ocurriendo entre ellos dos y que, fuera lo que fuese, no estaba preparada para ello.

Había oído hablar de la tensión sexual, pero no entendía por qué la estaba sintiendo en ese momento y más con un hombre que era casi un desconocido. Aunque no era la primera vez que estaban juntos, nunca hasta entonces habían estado solos. Se preguntó si él estaría experimentando las mismas sensaciones que ella.

–Tienes el cinturón bien puesto –dijo, y a ella le pareció que la voz le sonaba más ronca. O quizá no eran más que imaginaciones suyas.

–Gracias por comprobarlo.

–De nada.

Como ya estaban despiertos los dos, Gemma decidió que era el momento de charlar. Era mejor que estar en silencio imaginando todo tipo de locuras, como por ejemplo, qué ocurriría si ella comprobaba el cinturón de Callum del mismo modo que había hecho él. Sintió que se ruborizaba y que se le disparaba el pulso sanguíneo.

–Háblame de Australia –dijo rápidamente.

Estaba claro que le gustaba hablar de su país, a juzgar por su sonrisa. Menudos labios tenía. Ya se había fijado en ellos, pero era la primera vez que se detenía a observarlos con detenimiento.

¿Por qué tenía esos sentimientos tan apremiantes por Callum así de repente? ¿Por qué sus labios, sus ojos y otras partes de su rostro, además de sus manos y sus dedos, la excitaban tanto?

–Te va a encantar Australia –dijo con ese marcado acento que tanto le gustaba–. Sobre todo Sidney. Es un lugar único en el mundo.

Ella cruzó los brazos a la altura del pecho.

–¿Mejor que Denver?

Él se rió y la miró con complicidad.

–Sí, Denver tiene muchas cosas buenas, pero hay algo en Sidney que la hace especial. Y no lo digo sólo porque sea la ciudad donde nací.

–¿Y qué es eso tan maravilloso?

Él volvió a sonreír y ella sintió otro cosquilleo en el estómago.

–No me gusta sonar a anuncio publicitario, pero Australia es un país muy cosmopolita plagado de historia y rodeado de algunas de las playas más hermosas que te puedas imaginar. Cierra los ojos un momento y trata de imaginártelo, Gemma.

Ella obedeció y él comenzó a describirle las playas en tono meloso y con todo lujo de detalles. A Gemma le pareció sentir el agua del océano en los labios y una brisa fresca acariciándole la piel.

–Están la playa de Kingscliff, Byron Bay, Newcastle y Lord Howe, por nombrar sólo unas pocas. Cada una de ellas es un paraíso acuático de las aguas verdeazuladas más cristalinas que has visto nunca.

–¿Como el color de tus ojos? –preguntó ella con los suyos todavía cerrados.

–Sí, algo así. Hablando de ojos, ya puedes abrirlos.

Ella alzó lentamente los párpados y se encontró con la mirada y los labios de Callum a escasos centímetros de ella. No tenía más que sacar la lengua para probar su sabor. Una tentación que le estaba costando Dios y ayuda resistir. Su respiración se hizo irregular, y a juzgar por las subidas y bajadas del pecho de Callum, a él le estaba pasando lo mismo.

–Gemma…

Él acercó su boca un centímetro más, hasta que ella pudo sentir su húmedo aliento en los labios. En vez de responder, se acercó más a su vez. Su cuerpo se estremeció de un ansia que nunca se había creído capaz de sentir.

–¿Desean algo más para picar?

Callum dio un respingo y apartó rápidamente la cara para mirar a la sonriente azafata. Respiró hondo antes de responder.

–No, gracias. No quiero nada.

Acababa de decir una mentira. Sí que quería algo, pero era una cosa que sólo podía darle la mujer que estaba sentada a su lado.

La azafata miró entonces a Gemma y ésta respondió con la voz temblona.

–No, gracias.

Callum esperó a que la azafata desapareciera para mirar a Gemma, que se había girado hacia la ventanilla y le daba ahora la espalda. Supuso que pretendería que nada había sucedido entre ellos hacía unos segundos. No le cupo la menor duda de que se habrían besado si la azafata no los hubiera interrumpido.

–¿Gemma?

Ésta tardó más tiempo del necesario en girarse y cuando lo hizo se puso a hablar de cosas que a Callum le importaban un comino.

–He metido en la maleta las muestras de colores, Callum, para que puedas elegir el más adecuado para tu casa. Yo te sugeriré algunos, claro, pero la decisión final será tuya. ¿Te gustan los tonos arena? A mí me parecen los más apropiados.

Le dieron ganas de decirle que lo más apropiado era retomar las cosas en el mismo punto donde las habían dejado, pero de momento decidió asentir y seguirle la corriente. Había conseguido algo: que ella finalmente lo mirara como a un hombre. Era mejor darle el tiempo necesario para aceptarlo. No iba a presionarla ni a precipitar la situación. Las cosas seguirían su curso natural. A juzgar por la pasión que habían compartido hacía unos instantes no tenía razones para pensar de otro modo.

–Me gustan los tonos arena, así que probablemente sean los más adecuados –comentó, aunque el asunto le interesaba más bien poco. Lo importante era que le gustaran a ella, pues la idea era que acabaran viviendo juntos en esa casa.

–Eso es estupendo, pero también me gustaría añadir colores vibrantes. Los rojos, verdes, amarillos y azules están de moda ahora. Podríamos mezclarlos para obtener combinaciones atrevidas. Es algo que hace mucha gente.

Ella siguió parloteando mientras él asentía de vez en cuando para dar la impresión de estar escuchando. Si Gemma necesitaba sentir que era ella la que controlaba la situación, que así fuera. Se relajó en su asiento, inclinó la cabeza y observó con deseo el movimiento de sus labios mientras pensaba en lo que le haría a esa boca si le dieran la oportunidad. Decidió ser positivo y concentrarse en lo que haría cuando tuviera dicha oportunidad.

Unos instantes después de que Callum cerrara los ojos, Gemma dejó de hablar, contenta de haberlo conducido al sueño con su cháchara. Había hablado de todos los aspectos de la decoración de la casa para asegurar que no se desviaban del tema. Lo último que quería era que él mencionara lo que había estado a punto de pasar entre ellos. Sólo el pensar lo cerca que habían estado de besarse hacía que se le disparara el pulso.

Nunca se había conducido de manera inapropiada con un cliente y no entendía qué le había sucedido exactamente. Cuando notó lo proximidad de sus bocas, pensó que lo más natural era probar sus labios. Estaba claro que él había pensado lo mismo, pues se había acercado hacia ella con el mismo entusiasmo. La interrupción de la azafata no podía haber sido más oportuna. Callum era un cliente, un amigo de la familia y no alguien por quien debiera sentirse atraída sexualmente.

Llevaba veinticuatro años sin darle mayor importancia a los hombres y tenía la intención de seguir así otros veinticuatro.

Capítulo Cuatro

Gemma recorrió con la mirada el espacioso hotel en el que Callum y ella pasarían la noche, en habitaciones separadas, por supuesto.

Nada más aterrizar se había asegurado de recuperar el pleno control de sus sentidos. Afortunadamente, el resto del vuelo había sido tranquilo. Tanto Callum como ella habían mantenido los labios en su sitio y al cabo del rato ella volvió a sentirse cómoda en su compañía.

Tomaron un taxi en el aeropuerto. Callum le explicó que a la mañana siguiente un coche privado los llevaría a la casa de sus padres. Gemma dio por sentado que se alojarían allí durante el resto del viaje.

Admiró la belleza del hotel y pensó que era un digno rival de cualquiera de los establecimientos de las grandes cadenas americanas. La suite era amplia y disponía de grandes ventanales con vistas a Sidney, que a esa hora estaba salpicada de brillantes luces.

Como había dormido mucho en el avión no tenía sueño. De hecho, estaba muy espabilada, a pesar de que el reloj de la mesita de noche indicaba que era más de la medianoche. Le costaba creer que en el otro lado del mundo, en Denver, iban con un día de retraso y eran las ocho de la mañana.

Se acercó a la ventana para admirar la vista. Echaba de menos Denver, pero no podía evitar sentirse fascinada por todo lo que había visto. Aunque su avión había aterrizado de noche, el taxi los había llevado por zonas de la ciudad bonitas e iluminadas, y supo que Callum tenía razón cuando decía que no había otro lugar en el mundo como Sidney.

Gemma respiró hondo y trató de ignorar una vaga sensación de frustración. Aunque le tranquilizaba que Callum no hubiera hecho mención del beso interrumpido, tampoco esperaba que él la ignorara completamente. Habían hablado desde entonces, pero la mayor parte de la conversación había versado sobre Sidney y la decoración de la casa. El hecho de que él pudiera controlar tan fácilmente sus emociones significaba que, a pesar de que se hubiera sentido momentáneamente atraído hacia ella, no consideraba que mereciera la pena darle caza. Si de verdad él pensaba así, Gemma debería estar agradecida en lugar de molesta. No tenía motivos para sentirse decepcionada o disgustada.

Cruzó la habitación y se situó frente a un espejo que adornaba la pared para observar sus facciones. Tuvo que reconocer que su aspecto había dejado mucho que desear tras el vuelo de dieciocho horas, y era una pena que él no pudiera verla ahora que estaba duchada y arreglada.

Se preguntó qué tipo de mujer atraería a Callum. No tenía ni la más remota idea, pues nunca lo había visto con chicas. Sabía cuál era el tipo de Zane y Derringer, chicas de piernas interminables, bellas, sofisticadas, superficiales y mundanas, pero por alguna razón no creía que a Callum le gustara ese tipo de mujer.

A veces deseaba tener mucha experiencia con los hombres en lugar de ser virgen a sus veinticuatro años. En la universidad, varios chicos habían intentado, sin éxito, llevársela a la cama. Le habían puesto el mote «Gemma, la princesa de hielo», cosa que no le molestaba en absoluto, pues prefería ser conocida como una princesa de hielo que como una facilona. Sonrió al pensar en la frustración de aquellos chicos, que habían acabado renunciando a seducirla. Pero una cosa era que se hartaran de perseguirla y otra muy distinta era que la ignoraran por completo.

Parte de ella le decía que más le valía desterrar esos pensamientos de su mente. Era mejor que él no hubiera continuado con lo que había estado a punto de ocurrir entre ellos. Pero, otra parte de su ser, la de la mujer con tanta vanidad como cualquier otra, se sentía decepcionada y no podía dejar de analizarlo.

Una sonrisa afloró a sus labios. Callum había sugerido que desayunaran juntos antes de que llegara el coche que habría de conducirlos a casa de sus padres. Le pareció buena idea, pues iba a conocer a sus progenitores, y quería presentar el mejor aspecto posible. Al día siguiente abandonaría su atuendo habitual, consistente en vaqueros y camisetas, y se pondría algo más favorecedor. Ya se vería si Callum podía ignorarla entonces.

Al día siguiente, Callum se levantó tan cansado como se acostó. Había pasado la noche dando vueltas en la cama, frustrado por no haber aprovechado la oportunidad de saborear los labios de Gemma cuando se le presentó.

Su cuerpo se endureció al recordar los sensuales labios que habían estado tan cerca de los suyos. El deseo que había fluido entre ellos era compartido. Los cuerpos de ambos habían sufrido una descarga eléctrica y él había resistido la urgencia de desabrocharse el cinturón, colocar a Gemma en su regazo y besarla en la boca con todas sus fuerzas.

Recordó las conversaciones que habían mantenido y cómo ella había tratado de mantener la compostura haciendo su papel de profesional consumada. Mientras hablaba él se había dedicado a contemplar su boca. No conocía a ninguna mujer tan dulce y sexy al mismo tiempo, tan cálida y tan fría según le apeteciera. La amaba en todas sus facetas y ansiaba formar parte de cada una de ellas. ¿Qué hombre no lo desearía?

Unos minutos más tarde, después de darse una ducha y vestirse, salió de su habitación y se encaminó a la de Gemma. Pensar que había dormido tan cerca de él lo soliviantó. Se preguntó si habría dormido bien. Seguro que ella no tenía ni idea de lo que era la frustración sexual. Y si conocía la sensación, prefería no saberlo, sobre todo si era otro hombre el que reinaba en sus pensamientos. Esta idea no le sentó nada bien, pues no podía concebir a Gemma con otro hombre que no fuera él. Respiró hondo antes de llamar a la puerta.

–¿Quién es?

–Soy yo, Callum.

–Pasa. Sólo me queda elegir una chaqueta –dijo mientras abría la puerta.

Él se quedó sin aliento y tuvo que apoyarse en la jamba de la puerta para no caerse. Su Gemma no se había puesto unos vaqueros y una camiseta, sino una falda color marrón claro hasta las rodillas, unos zapatos de ante color chocolate de tacón medio y una blusa estampada. Se le hizo un nudo en el estómago. Estaba increíblemente bella. Hasta el pelo lo llevaba diferente, pues en lugar de ir recogido en una coleta, le caía suelto por los hombros. La había visto muy pocas veces así vestida, y generalmente había sido en la iglesia.

Entró en la habitación y cerró la puerta tras él, sintiendo una tremenda presión en el pecho mientras la veía ir de un lado a otro. Se quedó obnubilado por la gracia y fluidez de sus movimientos.

–¿Has pasado buena noche, Callum?

Él parpadeó al darse cuenta de que le estaba mirando, sonriente. ¿Eran imaginaciones suyas o había un deje burlón en su sonrisa?

–Perdona, ¿qué has dicho?

–Te preguntaba si habías dormido bien. Estoy segura de que estás feliz he haber vuelto a casa.

Pensó que tenía mucha razón. Estaba feliz de estar de vuelta en casa con ella. Había soñado muchas veces con llevarla a su patria. Ahora disponía de seis semanas y estaba decidido a aprovechar cada hora, cada minuto, cada segundo.

Vio que ella seguía esperando su respuesta.

–Tardé mucho en dormirme. Supongo que es por el desfase horario. Y sí, estoy muy contento de estar en casa –y mirando su reloj, añadió–: ¿Estás lista para ir a desayunar?

–Sí, me muero de hambre.

–Ya imagino. No comiste mucho en el avión.

Ella soltó una risita.

–Es que no estaba segura de poderlo digerir. Hubo muchas turbulencias.

Y él sabía cuánto la afectaban. Se alegró cuando finalmente consiguió conciliar el sueño pues pudo dedicarse a mirarla a su antojo.

–Ya estoy lista, Callum.

Le dieron ganas de tomarla de la mano, pero sabía que no era lo apropiado en ese momento. Tenía que conocerle primero, no como al mejor amigo de su hermano, sino como al hombre que iba a formar siempre parte de su vida.

–¡Oye, no mires mi plato con esa cara! Ya te dije que estaba hambrienta –le reprendió Gemma, riendo. Su pila de tortitas era tan grande como la de Callum. Éste le había dicho que ese hotel del centro de Sidney era célebre por sus tortitas. No sólo servían a los huéspedes del establecimiento sino también a la gente del barrio que quería desayunar allí antes de ir al trabajo. Desde su silla Gemma admiró el Puente de Sidney en la distancia. Era una vista hermosa.

–Te entiendo. Recuerdo que cuando era pequeño mi madre me traía aquí para premiarme cuando hacía algo bueno –le contó mientras vertía caramelo en sus tortitas.

–Hala, ¿de veras es tan antiguo este hotel? –bromeó ella.

–¿Antiguo? ¿Qué quieres decir exactamente, Gemma?

–Esto… nada. Lo siento. No debo olvidar que eres mi cliente y que tengo que tener cuidado con lo que digo. Lo último que quiero es ofenderte.

–Pues ándate con ojo –la advirtió, de broma–. Porque si no, toda esa información sobre colores y diseños que me diste ayer no te servirá de nada. La verdad es que no sé cómo puedes saber tantas cosas sobre el tema –hizo una breve pausa–. Por cierto, hablé con Ramsey anoche. Todo va bien en Denver y yo le dije que nosotros también estamos bien.

Gemma sonrió mientras bebía su café.

–¿Le dijiste que tuvimos un vuelo infernal?

–No utilicé esas palabras, pero creo que captó la idea. Me preguntó si te desmayaste al sentir las primeras turbulencias.

Ella compuso una mueca.

–Muy gracioso. ¿Te dijo algo de Chloe?

–Está bien, deseando que llegue noviembre –sonrió–. Ya sólo le quedan dos meses.

–Tenía intención de llamarlos ayer por la noche cuando llegamos, pero no tuve fuerzas más que para ducharme e irme a la cama. No pensé que fuera a dormir tan profundamente, pero así ha sido.

Durante el resto del desayuno Gemma le contó que el mes anterior le habían organizado una fiesta sorpresa a Chloe delante de sus propias narices y que, aunque ni Ramsey ni ella querían conocer el sexo del bebé antes de que naciera, Megan, Bailey y ella esperaban que fuera una niña, mientras que Zane, Derringer y los gemelos creían que iba a ser niño. Desayunar con Callum le parecía muy natural. Era algo que nunca habían hecho hasta entonces, por lo menos, estando solos. Encontraba su compañía divertida y se había sentido halagada cuando él alabó su aspecto. Le había pillado mirándola varias veces, lo cual significaba que no podía ignorarla tan

45

fácilmente. Terminaron de desayunar y se dirigían hacia el ascensor cuando oyeron una voz.

–¡Callum, eres tú! ¡No me puedo creer que hayas vuelto!

Callum y Gemma se giraron a la vez al tiempo que una mujer se arrojaba hacia él, le rodeaba la cintura con los brazos y le depositaba un generoso beso en los labios.

–¡Meredith! Me alegro de verte –dijo Callum tratando de desasirse. Una vez lo consiguió, sonrió educadamente a la joven morena que le sonreía como una fan fervorosa–. ¿Qué haces por aquí tan temprano?

La mujer soltó una carcajada.

–He quedado para desayunar con unas amigas –justo en ese momento se giró hacia Gemma–. Ah, hola.

Lo primero que pensó Gemma fue que aquella mujer era bellísima. Lo segundo, que si ésta había pretendido dar la sensación de no notar su presencia había fallado miserablemente. Era imposible que no se hubiera dado cuenta de que Gemma estaba allí, pues al abrazar a Callum había estado a punto de derribarla.

–Meredith, quiero presentarte a una buena amiga –dijo él tomando a Gemma de la mano y atrayéndola hacia sí–. Gemma Westmoreland. Gemma, ésta es Meredith Kenton. Su padre y el mío son viejos amigos del colegio.

Gemma le tendió la mano a la mujer cuando se hizo patente que ésta no iba a tenderle la suya.

–Meredith.

Meredith vaciló un instante antes de estrecharla.

–Veo que eres de Estados Unidos, Gemma.

–Así es.

–Ah –volvió a posar su adoradora mirada en Callum y sus ojos brillaron de gozo al ver que Callum le sonreía–. Ahora que has vuelto, Callum, tenemos que ir a cenar a Oasis, a navegar y a hacer picnics en la playa.

«Por el amor de Dios, deja que por lo menos recobre el aliento» , quiso gritarle Gemma, que no quería reconocer que estaba celosa. «Además, no tienes ni idea de si soy su novia, y si lo fuera no le dejaría hacer todas esas cosas contigo. Menuda falta de respeto».

–En este viaje lo voy a tener complicado –dijo Callum acercándose más a Gemma. Ésta supuso que estaba tratando de darle a entender a Meredith algo que no era verdad: que eran pareja. En otro momento no le hubiera hecho nada de gracia que un hombre insinuara tal cosa, pero en ese caso no le importó. De hecho se alegró de tener la oportunidad de dejarle las cosas claras a la señorita Irrespetuosa. Meredith era, sin duda, una de esas mujeres agresivas–. Estoy aquí por poco tiempo.

–No me digas que te vuelves para allá.

–Pues sí.

–¿Y cuándo regresarás para siempre? –preguntó haciendo un mohín de decepción con los labios.

Gemma lanzó a Callum una mirada interrogante. ¿Sería aquélla la mujer que lo esperaba en Australia y que, según él, no existía? Callum miró a Gemma y, como si hubiera adivinado sus pensamientos, la atrajo hacia sí.

–No estoy seguro. Estoy a gusto allí. Como sabes,

mi madre es americana y tengo la suerte de tener familia en ambos continentes.

–Sí, pero tu hogar está aquí.

Él sonrió y miró de soslayo a Gemma antes de dirigirse a Meredith.

–El hogar está donde está el corazón.

La chica miró con frialdad a Gemma.

–Así que te ha traído con él.

Antes de que Gemma pudiera responder, Callum se adelantó.

–Sí, la he traído para que conozca a mis padres.

Gemma sabía lo que implicaba esa afirmación, aunque fuera mentira. Decir que la había traído para presentársela a sus padres significaba que su relación era especial. No era verdad, pero por alguna razón él no quería que Meredith lo supiera, y lo cierto es que ella tampoco.

–En fin, ya han llegado mis amigas –dijo con voz cortante–. Gemma, espero que disfrutes de tu estancia en Sidney. Ya hablaremos, Callum.

Se marchó apresuradamente.

Callum tomó a Gemma del brazo y la condujo hacia el ascensor. Una vez estuvieron dentro de él, Gemma habló.

–¿Por qué quieres que Meredith piense que somos pareja?

Él sonrió.

–¿Te molesta que lo haga?

Gemma negó con la cabeza.

–No, ¿pero por qué lo haces?

Él se le quedó mirando unos instantes y abrió la boca para decir algo, pero se lo pensó mejor.

–Porque sí.

Ella enarcó una ceja.

–¿Porque sí?

–Sí, porque sí.

–Me gustaría que me dieras una razón más convincente, Callum. ¿Es Meredith una antigua novia?

–Oficialmente, no. Y antes de que pienses mal de mí, quiero que sepas que nunca le di motivo alguno para que creyera que entre nosotros había algo oficial. Nunca la engañé. Ambos teníamos las cosas claras a este respecto.

«Así que era esa clase de relación», pensó Gemma. La clase por la que eran conocidos sus hermanos. La clase que dejaba a las mujeres con el corazón roto.

–Y no pierdas el tiempo sintiendo pena e indignación por Meredith. Su objetivo en la familia era mi hermano, Colin. Salieron durante unos años y un día él la pilló en la cama con otro.

–Ah.

La chica, que no le había caído bien de primeras, le caía ahora aún peor. El ascensor se detuvo. Salieron y Callum la tomó por el brazo para detenerla.

–Quiero que recapacites sobre lo que te voy a decir, Gemma –dijo con ese acento que a ella le encantaba.

–Dime.

–Sé que ver cómo tus hermanos y tus primos se portaban con las chicas ha contaminado tu opinión sobre los hombres en general. Es muy triste que sus fechorías hayan dejado una impresión tan negativa en ti. No hablo por tus hermanos, ya que ellos son muy capaces de hacerlo por sí mismos, sino por mí. Nunca he hecho daño intencionadamente a una mujer. Y creo que en alguna parte tengo un alma gemela.

–¿Un alma gemela? –se extrañó ella, enarcando una ceja.

–Sí.

Gemma se preguntó si de verdad existiría tal cosa. Pensó en la primera esposa de su primo Dillon, que no había conectado con la familia ni había estado dispuesta a hacer sacrificios por el hombre que amaba. Con Pam, su mujer actual, todo había sido diferente. Desde el momento en que la conocieron, supieron que era un regalo del cielo. Lo mismo podía decirse de Chloe. Gemma, Megan y Bailey habían entablado amistad con su cuñada inmediatamente, incluso antes de que se casara con Ramsey. Y al ver a ambas parejas juntas era obvio que estaban hechos los unos para los otros y que se amaban profundamente. Lo cual le hacía pensar que el amor verdadero funcionaba en algunos casos, pero no estaba dispuesta a sufrir por encontrar a su alma gemela. No obstante, el comentario de Callum le produjo curiosidad.

–¿De verdad crees que existe tu alma gemela?

–Sí.

Respondió sin dudar.

–¿Y cómo sabrás que es ella si algún día llegas a conocerla?

–Lo sabré.

Lo había dicho con mucha seguridad, a juicio de Gemma. Se encogió de hombros.

–Espero que la encuentres –le deseó mientras salían del edificio y se dirigían al aparcamiento.

Él inclinó la cabeza hacia un lado y sonrió.

–Te lo agradezco.

Capítulo Cinco

–¡Caramba! Este coche es una preciosidad, pero pensé que venía a buscarnos un automóvil particular.

Callum sonrió mientras avanzaban hacia el coche, aparcado en el parking del hotel.

–Pensé que sería mejor que me trajeran mi coche.

–¿Éste coche es tuyo?

Gemma observó el bonito automóvil deportivo biplaza de color negro.

–Sí, es mi criatura –«Y tú también», quiso añadir mientras veía cómo ella introducía las piernas en el vehículo–. Hace años que lo tengo.

–¿Nunca te dio por llevártelo a Denver?

–No –sonrió–. ¿Te imaginas conducir algo así por la granja de Ramsey?

–La verdad es que no. ¿Es rápido? –preguntó mientras Callum se metía y se abrochaba el cinturón.

–Sí, y muy cómodo a la vez.

Momentos después llegaron a la autopista y ella se acomodó en el asiento. Callum solía imaginarse a sí mismo conduciendo su coche con la mujer a la que amaba sentada en el asiento del copiloto. La miró de soslayo y comprobó que lo observaba todo con mucha atención, como si no quisiera perderse ningún detalle.

–Este lugar es precioso, Callum.

Él sonrió, feliz de que le gustara su tierra.

–¿Más que Denver?

Ella echó la cabeza hacia atrás y rió.

–Bueno, es que como mi casa no hay ningún sitio. Me encanta Denver.

–Lo sé –igual que sabía que le iba a costar trabajo convencerla de que se fuera a vivir a Sidney con él. Él habría vuelto de buena gana a su país mucho tiempo atrás, pero no quería hacerlo sin Gemma.

–¿Vamos a casa de tus padres? –preguntó ella interrumpiendo sus pensamientos.

–Sí. Tienen muchas ganas de conocerte.

Gemma pareció gratamente sorprendida.

–¿De veras? ¿Por qué?

Deseó poder decirle la verdad, pero pensó que haría mejor en responder con algo que era igualmente cierto.

–Eres la hermana de Ramsey. Tu hermano les dejó huella durante los seis meses que vivió aquí. Lo ven como a un hijo.

–Él también los adora a ellos. En las cartas que nos enviaba no hablaba más que de tu familia. Yo estaba en la universidad por aquel entonces y recuerdo que sus cartas estaban llenas de aventuras. Me di cuenta de que había hecho bien cediéndole la dirección de la inmobiliaria familiar a Dillon para cumplir su sueño de dirigir una granja de ovejas. Es lo que siempre deseó hacer mi padre.

Callum percibió el dolor en la voz de Gemma y supuso que la mención de su padre le había traído recuerdos dolorosos.

–Estabas muy unida a él, ¿verdad?

–Sí, lo estaba, al igual que Megan y Bailey. Era un hombre maravilloso. Todavía recuerdo el día en que Dillon y Ramsey nos dieron la noticia. Cuando les vi llegar juntos, supe que algo malo había ocurrido. Pero nunca imaginé algo así –se detuvo unos instantes–. No habría sido tan doloroso si no hubiéramos perdido a nuestros padres y a nuestros tíos Adam y Clarissa al mismo tiempo. Nunca olvidaré lo sola que me sentí, y cómo Dillon y Ramsey prometieron que, pasara lo que pasara, se encargarían de mantener a la familia unida. Y así lo hicieron. Dillon, que era el mayor, se convirtió en el jefe de familia, mientras que Ramsey, que era sólo siete meses más pequeño, pasó a ser el segundo de a bordo. Juntos consiguieron lo que algunos pensaban que era imposible.

Callum había oído la historia varias veces de boca de Ramsey. Dudó a la hora de viajar a Australia, pues no quería cargar a Dillon con toda las responsabilidades. Así que esperó a que Bailey terminara el instituto antes de irse a su país.

–Estoy seguro de que vuestros padres estarían muy orgullosos de todos vosotros.

Ella sonrió.

–Sí, yo también lo creo. Dillon y Ramsey hicieron un buen trabajo, y eso que a veces éramos muy traviesos; algunos más que otros.

Callum sabía que estaba pensando en su primo Bane y en todos los líos en que se había metido. Ahora Brisbane Westmoreland estaba en la Marina y soñaba con formar parte del cuerpo de élite SEAL.

Callum miró su reloj.

–Ya queda poco. Si conozco a mi madre, nos tendrá preparado un festín para el almuerzo.

Gemma sonrió.

–Me apetece mucho conocerlos, sobre todo a tu madre, la mujer que robó el corazón de tu padre.

Él le devolvió la sonrisa, pensando que su madre tenía muchas ganas de conocerla a ella, la mujer que le había robado el suyo.

El rostro de Gemma reflejó sorpresa cuando Callum se acercó a la entrada del rancho familiar. Miró alrededor maravillada. Se había quedado sin palabras. Era un paisaje impresionante.

Lo primero que notó era que el rancho era una versión más grande del de su hermano: la distribución era idéntica.

–Me imagino que Ramsey se inspiró en este rancho al diseñar Shady Tree.

Callum asintió.

–Sí, se enamoró de este lugar y cuando volvió a casa diseñó una réplica exacta, pero más pequeña.

–No me extraña que no tuvieras prisa por volver. Para ti, estar en Shady Tree debe de ser casi como estar en casa. Claro que, en mi caso, ver una réplica más pequeña de mi casa me haría sentir añoranza.

Él introdujo el código que abría la puerta electrónica mientras pensaba que la razón por la que había permanecido en Denver ayudando a Ramsey con el rancho, y la razón por la que nunca había sentido nostalgia era básicamente la misma: Gemma. No había querido volver a Australia y dejarla atrás, excepto en las vacaciones. Y no echaba de menos su casa pues, como le había dicho a Meredith, el hogar de uno está donde está su corazón, y éste siempre había estado con Gemma.

Siguió avanzando por el sendero que llevaba a la

casa de sus padres. Era el lugar donde había vivido toda su vida antes de mudarse a su propio espacio a la edad de veintitrés, nada más terminar la universidad. De vez en cuando, cuando trabajaba en el rancho con su padre y sus hermanos, pasaba la noche allí. Aquel sendero le traía muchos recuerdos: lo había recorrido andando, en bicicleta, luego en moto y finalmente al volante de un coche. Estaba feliz de volver a casa, sobre todo estando tan bien acompañado.

Esperaba que en la casa no sólo estuvieran sus padres, sino también sus hermanos con sus esposas, su hermana y su cuñado. Todo el mundo tenía muchas ganas de conocer a la mujer que lo había atado a Estados Unidos durante tres años. Y todos iban a guardar el secreto, pues sabían lo importante que era para él ganarse el corazón de Gemma en su terreno. Ella estaba empezando a conocer al Callum Austell de verdad. El hombre al que pertenecía.

Cuando Callum detuvo el coche frente a la casa la puerta principal se abrió y por ella salió, sonriente, una pareja de edad avanzada. Gemma supo inmediatamente que se trataba de sus padres. Formaban una pareja hermosa, perfecta. Almas gemelas. Notó que Callum había heredado la altura y los ojos verdes de su padre y los labios carnosos, pómulos prominentes y hoyuelos en las mejillas de su madre.

A continuación, para sorpresa de Gemma, salieron tres hombres y tres mujeres. Le fue fácil determinar quiénes eran sus hermanos y su hermana, pues éstos se parecían a los padres.

—Creo que vas a conocer a todo el mundo hoy —dijo Callum.

Gemma se rió.

–Yo también vengo de una familia grande. Me acuerdo de cuando volvía a casa durante las vacaciones de la universidad. Todo el mundo está contento de tenerte en casa. Además, eres el pequeñín de la familia.

Él echó la cabeza hacia atrás y soltó una carcajada.

–¿El pequeñín? A los treinta y cuatro años, lo dudo mucho.

–Cuando lo has sido una vez, lo eres para siempre. Pregúntale a Bailey.

Él sonrió al tiempo que abría la portezuela del coche.

–¿Lista para conocer a los Austell?

Los padres, hermanos y cuñados avanzaban hacia el coche. Unos instantes después, apoyada sobre el coche, observó cómo todos abrazaban a Callum alborozados y pensó que no había nada como regresar a una familia que te quiere.

–Mamá, papá, todos, os presento a Gemma Westmoreland.

Le tendió la mano y ella lo miró brevemente antes de apartarse del coche y unirse al grupo.

–Así que tú eres Gemma –dijo Le'Claire Austell sonriéndole tras haberle dado un abrazo–. He oído hablar mucho de ti.

El rostro de Gemma reflejó sorpresa.

–¿Ah, sí?

La chica le dedicó una sonrisa resplandeciente.

–Por supuesto. Ramsey adora a sus hermanos y se pasaba el tiempo hablándonos de ti, de Megan, de Bailey y del resto de tus hermanos y primos. Creo que eso hacía que su estancia aquí, lejos de vosotros, fuera un poco más fácil.

Gemma asintió antes de verse envuelta en los brazos del padre de Callum y de ser presentada al resto de la familia. Estaba el hermano mayor de Callum, Morris, con su mujer, Annette; su hermano, Colin, y su esposa, Mira. Y por último su única hermana, Le'Shaunda, a la que todos llamaban Shaun, y su marido, Donnell.

–Más tarde conocerás a los nietos –le dijo la madre de Callum.

–Me encantará –replicó ella, amable.

Mientras todos caminaban hacia la casa Callum detuvo a Gemma tomándola por el brazo.

–¿Pasa algo? –la miró con preocupación–. Has puesto una cara rara cuando te fui a presentar a todo el mundo.

Gemma miró rápidamente a la familia, que desaparecía dentro de la casa, y luego a Callum.

–No les has dicho por qué estoy aquí.

–No hacía falta, ya lo saben –la observó durante unos instantes–. ¿Qué está pasando por esa cabecita, Gemma Westmoreland? ¿Qué te preocupa?

Ella se encogió de hombros, sintiéndose un poco tonta.

–Nada. Es que me he acordado de lo que le insinuaste a Meredith y espero que no pienses en darle a tu familia la misma impresión.

–¿Que hay algo entre tú y yo?

–Sí.

Él la miró unos segundos y le rozó el brazo con gentileza.

–Relájate. Mi familia sabe lo que hay, créeme. Pensé que habías comprendido por qué le dije esa mentirijilla a Meredith.

–Claro que lo entendí. Mira, olvida lo que he dicho. Tu familia es encantadora.

Él se rió y la atrajo hacia sí.

–Somos todos australianos, ocho de pura cepa y una de adopción. No podemos evitar ser encantadores.

Ella le sonrió antes de desasirse. Miró en dirección al coche mientras subía los escalones que llevaban a la casa.

–¿No deberíamos sacar el equipaje?

–No, no vamos a dormir aquí.

Ella se giró con tanta rapidez que perdió el equilibrio. Él la sujetó antes de que se cayera.

–Ten cuidado, Gemma.

Ésta sacudió la cabeza, tratando de ignorar su cercanía. De pronto sintió extrañas sensaciones flotando en su interior.

–Estoy bien. ¿Por qué has dicho que no vamos a dormir aquí?

–Porque es la verdad.

Se quedó completamente inmóvil.

–Pero… dijiste que nos quedaríamos en tu casa.

Él le tomó la barbilla con los dedos.

–Y eso haremos. Ésta no es mi casa, es la de mis padres.

Gemma tragó saliva, confusa.

–Pensé que venía a decorarla. ¿No está vacía?

–Esa casa sí, pero tengo otra en la playa, y allí viviremos el tiempo que estemos aquí. ¿Tienes algún problema con eso, Gemma?

Ésta trató de recobrar un ritmo normal de respiración mientras se hacía a la idea de que Callum y ella iban a vivir juntos un tiempo. ¿Por qué la turbaba aquella idea? Tuvo que reconocer que estaba observando cosas en él que antes le habían pasado desapercibidas. Sentía cosas que le resultaban nuevas. Como por ejemplo el deseo que recorría su cuerpo, o el sensual cosquilleo que invadía la boca de su estómago cuando se encontraba a poca distancia de él, como en aquel momento...

–¿Gemma?

Volvió a tragar saliva mientras él la miraba con una intensidad a la que no estaba acostumbrada. Sacudió la cabeza mentalmente. La familia debía de estar preguntándose qué hacían ahí fuera. Debía volver a la realidad. Tenía un trabajo por hacer y lo haría. Que ella hubiera empezado a tener locas fantasías con él no significaba que Callum le correspondiera.

–No, no me supone ningún problema. Vamos, tus padres deben de estar preguntándose qué estamos haciendo aquí –dijo mientras subía los escalones y se dirigía hacia la puerta, consciente de que él la estaba observando.

Callum recorrió con la mirada la cocina de sus padres y respiró hondo. De momento, las cosas estaban saliendo según lo planeado. A juzgar por las sonrisas veladas y los disimulados asentimientos de su familia, supo que a todos les había gustado. Hasta sus tres sobrinos, de seis, ocho y diez años, que normalmente se mostraban tímidos ante los desconocidos, estaban encantados con ella. Callum había percibido su confusión al verse acogida con tanta naturalidad por la familia. Lo que le había dicho no era mentira. Su familia conocía la razón por la que ella estaba allí, y decorar la casa era parte de ella. Una parte muy pequeña, eso sí.

–¿Cuándo te vas a cortar el pelo?

Callum se giró y sonrió a su padre.

–Yo podría preguntarte lo mismo.

Todd Austell llevaba el pelo tan largo como su hijo.

–Pues puedes esperar sentado –dijo su padre, divertido–. Me encantas mis greñas rubias. Es lo único que quiero más que a tu madre.

Callum se apoyó en la encimera de la cocina. Su madre, su hermana y sus cuñadas hablaban con Gemma en un rincón y por la expresión de sus rostros sabía que la estaban haciendo sentir como en casa. Sus hermanos y su cuñado estaban fuera a cargo de la barbacoa y sus sobrinos jugaban a la pelota.

–Gemma es muy simpática, Callum. A Le'Claire y a Shaun les cae muy bien.

Era obvio. Miró a su padre.

–¿Y a ti qué te parece?

Todd Austell sonrió de oreja a oreja.

–Me gusta.

Sintiendo la mirada de Callum posada sobre ella, Gema miró en su dirección y sonrió. Sus músculos se tensaron de deseo.

–Papá.

–Dime.

–Cuando conociste a mamá y supiste que era la mujer de tu vida, ¿cuánto tiempo tardaste en convencerla?

–Demasiado –rió Callum.

–¿Cuánto tiempo es demasiado?

–Unos meses. Recuerda que tuve que romper un compromiso y que tu madre pensaba que su trabajo de azafata era su vida. Tuve que convencerla de que estaba en un error y de que su vida era yo.

Callum meneó la cabeza. Su padre era un fuera de serie. La familia de Callum era una de las más acaudaladas de Sidney. Los Austell habían amasado una fortuna no sólo con el negocio de las ovejas sino también en el sector de la hostelería. El hotel en el que se habían alojado la noche anterior era parte de una de las cadenas que regentaba Colin. Morris era el vicepresidente de las granjas ovinas. Cuando Callum volvía a casa echaba una mano donde le necesitaban, pero lo que realmente le gustaba era el trabajo de granjero. De hecho, era presidente ejecutivo de su propia firma, que se encargaba de la gestión de varios ranchos en Australia. También poseía grandes extensiones de tierra en el país. No era de los que hacían ostentación de su riqueza, aunque cuando era jovencito se había percatado de que el dinero atraía a muchas mujeres. Pero él no se había dejado enredar. Volvió a mirar al grupo femenino y a su padre.

—Se ve que funcionó.

Todd elevó una ceja.

—¿Qué es lo que funcionó?

—Lo de convencer a mamá de que su vida eras tú.

Su padre esbozó una amplia sonrisa.

—Cuatro hijos y tres nietos después, ¿qué te voy a contar?

Callum sonrió a su vez.

—Y mamá se convirtió en tu vida. Porque es obvio que lo es.

Capítulo Seis

Gemma se colocó el cinturón de seguridad y sonrió.

–Tienes una familia maravillosa, Callum. Tu madre me cae especialmente bien; es genial.

–Lo es –convino Callum mientras arrancaba el motor.

–Y tu padre la adora.

Callum se rió entre dientes.

–¿Se nota mucho?

–Muchísimo. Creo que es estupendo –se detuvo unos instantes–. Recuerdo que mis padres también estaban muy unidos. A medida que me hago mayor me doy cuenta de que no hubieran podido vivir el uno sin el otro así que, aunque los echo mucho de menos, me alegro de que por lo menos murieran juntos.

Pero Gemma no quería ensombrecer un día maravilloso con recuerdos tristes.

–También me ha encantado su casa. Es preciosa. Tu madre dice que se encargó ella misma de la decoración.

–Así es.

–Entonces, ¿por qué no le pediste que hiciera lo mismo con la tuya?

–¿La mía?

–Sí, la que voy a decorar yo. Te agradezco que pensaras en mí, pero la verdad es que lo podría haber hecho tu madre.

–Sí, pero no tiene tiempo. Cuidar de mi padre es un trabajo a tiempo completo; lo mima demasiado.

Gemma rió.

–Parece que a él también le gusta mimarla a ella.

Le había encantado ver a una pareja mayor haciéndose carantoñas y era obvio que sus hijos estaban acostumbrados a verlos así. A Gemma también le habían encantado los tres sobrinillos de Callum.

–¿Está lejos tu casa? –le preguntó acomodándose en el asiento.

Cuando salieron de la residencia de los padres de Callum notó que la temperatura había descendido y que hacía fresco. Le recordó a Denver durante las semanas previas a la primera nevada a finales de septiembre. Entonces recordó que las estaciones en Australia estaban al revés que en Estados Unidos.

–No, estaremos allí en unos veinte minutos. ¿Estás cansada?

–Un poco. Creo que es el jet lag.

–Probablemente. ¿Por qué no descansas un rato?

Gemma siguió su consejo y cerró los ojos. Pensó que su cansancio desaparecería en cuanto se adaptara a la zona horaria.

Trató de apartar todo pensamiento de su mente, pero le resultó imposible. No podía evitar rememorar el día que había pasado en casa de los padres de Callum. Lo que le había dicho era cierto: se lo había pasado estupendamente y pensaba que tenía una familia maravillosa. Le recordaba a la suya propia.

Se sentía muy unida a sus hermanos y sus primos, aunque se tomaban mucho el pelo mutuamente.

Había percibido el amor que unía a Callum con sus hermanos. Era el pequeño y se notaba que lo querían y lo protegían mucho.

Mientras charlaba con la madre de Callum había notado en más de una ocasión los ojos de Callum posados en ella y sus miradas se habían encontrado. ¿Eran imaginaciones suyas o había percibido cierto interés en sus ojos verdes?

La perfección de sus facciones la paralizaba. Sus hermanos eran atractivos, pero Callum era impresionante y aquel día, por la razón que fuera, estaba especialmente guapo. No le sorprendía que mujeres como Meredith trataran de conquistarlo. En Denver emanaba un aire de granjero acostumbrado al trabajo duro, pero en Sidney, con sus pantalones de sport, su elegante camisa y el coche deportivo, parecía un hombre atractivo, sexy y sofisticado. Si las chicas de Denver pudieran verlo ahora…

Abrió los ojos lentamente y estudió su perfil mientras conducía. Su postura era perfecta. Irradiaba una fuerza especial. Su cabello, que caía en ondas sobre los hombros, adquirió un reflejo castaño a la luz del atardecer.

Había algo en él que transmitía calidez. ¿Por qué no lo había notado antes? Quizá sí lo había notado, pero se había obligado a sí misma a ignorarlo. Estaba la diferencia de edad; él era diez años mayor que ella. Si la idea de salir con un chico de su edad ya era horrible, hacerlo con uno mayor no le daría más que problemas.

Su mirada se posó en sus manos. Recordó haber visto esas manos que ahora sostenían el volante guiando a las ovejas en el rancho de su hermano en más de una ocasión. Eran manos fuertes de uñas limpias y cortas.

Según Megan, las manos de un hombre dicen mucho de él. Pero Gemma no tenía ni idea de cómo interpretarlas. En momentos como aquél le fastidiaba su propio candor. Por una vez, quizá dos, no le hubiera importado saber qué se siente al perderse en el abrazo profundo de un hombre. Quería que le hiciera el amor un hombre experto que hiciera que su primera vez fuera especial, algo para recordar durante el resto de su vida.

Volvió a cerrar los ojos y recordó el momento en el avión en el que sus rostros habían estado tan cerca el uno del otro. Había sentido un deseo arrebatador. Su mirada la había dejado paralizada, como si hubiera caído en un trance del que sólo pudiera salir mediante un beso. El beso que habían estado a punto de darse.

Emitió un rápido suspiro, preguntándose por qué estaría pensando en esas cosas. ¿Qué estaba generando esos morbosos pensamientos? Entonces se dio cuenta. Se sentía brutalmente atraída por el mejor amigo de su hermano. Y así, mecida por el rumor del potente motor y con la imagen de Callum firmemente grabada en su mente, comenzó a caer en un profundo sueño.

Callum se acomodó en el asiento del conductor mientras conducía con la potencia que había echado de menos durante los tres años que había estado fuera. Aunque siempre que volvía a casa disfrutaba a tope del coche, aquella vez era diferente. Quizá porque tenía a su futura esposa sentada junto a él.

La miró durante unos segundos antes de volver a

fijar su vista en la carretera. Sonrió. Estaba dormida junto a él. Tenía unas ganas tremendas de que durmieran juntos. La idea de tenerla entre sus brazos, de hacerle el amor lo llenaba de un deseo arrebatador. Gemma siempre había despertado en él esos sentimientos, sin saberlo. Sentimientos que había mantenido bien ocultos a lo largo de los años. Ramsey y Dillon lo sabían, por supuesto, y se imaginó que Zane y Derringer también sospechaban algo.

De momento las cosas estaban saliendo a pedir de boca, aunque en varias ocasiones los miembros de su familia habían estado a punto de irse de la lengua. Quería que Gemma se sintiera cómoda con su familia y lo último que deseaba era que Gemma sintiera que la estaban manipulando. Quería que experimentara una sensación de libertad que no sentiría cuando estuviera de vuelta en Denver.

Que probara cosas nuevas y diferentes, que abrazara su feminidad y diera rienda suelta a sus deseos con un hombre. Pero no con cualquiera, sino con él. Quería enseñarle que no todos los hombres buscaban sólo una cosa en una mujer, y que no tenía nada de malo que dos personas se desearan. Hacerle entender que lo que pasara entre ellos iba a ser para siempre.

Callum atravesó la barrera de entrada a la urbanización y se dirigió directamente hacia su casa, erigida en un tramo de playa apartado del resto. Para él la privacidad era importante y planeaba conservar esa propiedad una vez su mansión estuviera decorada y lista. Pero primero tenía que convencer a Gemma de que merecía la pena abandonar el país en el que había nacido y en el que vivía su familia para irse a vivir con él a esa parte del mundo.

Detuvo el coche y apagó el motor. Se giró hacia ella. Con una mano todavía en el volante, posó la otra en el respaldo del asiento del copiloto. Estaba bellísima dormida, como si no tuviera ninguna preocupación, cosa que en cierto modo, era cierta. A partir de entonces, él se encargaría de lidiar con cualquier problema que pudiera acecharla.

Estudió sus facciones con ojo analítico. Sonreía en sueños y se preguntó qué agradables pensamientos ocuparían su mente. Había oscurecido y la luz de los focos que había enfrente de su casa se reflejaba en su rostro en un ángulo que la hacía parecer aún más bella. Se imaginó cómo sería su hija si heredaba esa boca y esos pómulos, o su hijo, si se parecía a ella en las orejas y la mandíbula. Callum pensaba que Gemma tenía unas orejas muy bonitas.

Le acarició las mejillas con dulzura. Ella se removió en el asiento y murmuró algo. Se inclinó tratando de entender lo que decía y se quedó paralizado de deseo cuando la oyó susurrar en sueños: «Bésame, Callum».

Gemma estaba ahogándose en un mar de deseo. Callum y ella estaban de vuelta en el avión, esta vez, vacío. Él la tenía entre sus brazos, pero en vez de besarla se dedicaba a torturarla con la boca, lamiéndole las comisuras y los labios. Lanzó un profundo gemido. Deseaba que él dejara de juguetear con su boca y la tomara entera. Necesitaba sentir su lengua enredándose con la suya en un duelo delirante y sensual.

Murmuró que dejara de jugar con ella y que terminara lo que había empezado. Quería recibir el beso que tenían pendiente, un beso que la haría perderse en un paraíso de sensualidad. Oyó un gemido masculino, sintió la pasión de un hombre listo para hacer el amor, aspiró la esencia del macho en celo.

De pronto sintió que la sacudían con suavidad.

–Gemma, despiértate.

Abrió los somnolientos ojos y se encontró con el rostro de Callum a unos centímetros del suyo. Igual que en el avión. Igual que en el sueño que acababa de tener.

–Callum…

–Sí –respondió él con una voz cálida que le provocó un delicioso estremecimiento. Su boca estaba tan cerca que ella casi podía saborear su aliento en los labios.

–¿De verdad quieres que te bese, Gemma? Porque pienso darte todo lo que desees.

Capítulo Siete

Gemma se dio cuenta de golpe de que no estaba soñando. Aquello estaba ocurriendo de verdad. Estaba despierta en el coche de Callum, cuyo rostro estaba muy cerca del suyo, y no había una azafata que pudiera interrumpirlos si él decidía acercar su boca un poco más. ¿Lo haría?

Recordó su pregunta. ¿Quería que él la besara? Estaba claro que en sueños había formulado la petición en voz alta y él la había oído. A juzgar por su mirada, estaba listo para ello. Y le había dicho que le daría lo que ella quisiera.

Quería que la besara más que nada en el mundo. Aunque no sería su primer beso, sería el primero que recibía con pasión y deseo sentidos por ambas partes. Otros chicos habían querido besarla, pero a ella le había dado igual que lo hicieran o no.

Pero esa vez estaba dispuesta a actuar primero y a preocuparse de las consecuencias después.

Le sostuvo la mirada y susurró:

–Sí, quiero que me beses.

Él sonrió y asintió con satisfacción antes de inclinarse hacia ella. Antes de que pudiera volver a respirar él atrapó su boca.

Lo primero que hizo fue buscar su lengua y capturarla. A partir de ese momento, para Gemma no hubo vuelta atrás. Él comenzó con un beso lento, profundo, como si quisiera familiarizarse con el sabor y la textura de su boca, llevando su lengua a lugares insospechados y despertando en su ser una pasión hasta entonces enterrada en lo más profundo de su ser.

Durante unos instantes eternos, Gemma se sintió inundada por un calor que nunca antes había sentido. Sus pechos se endurecieron y la zona íntima entre sus muslos empezó a palpitar. ¿Cómo podía el beso de un hombre procurar tanto placer, despertar sensaciones que ella no sabía que existían?

Pero no tuvo tiempo de responder a sus propias preguntas, pues él redobló la pasión de su beso, haciendo que los músculos de su estómago se estremecieran de gozo. Se sintió enfebrecida, trémula, ansiosa. Nunca antes había necesitado a un hombre.

Él inclinó la cabeza hacia un lado y siguió explorando con la lengua las profundidades de su boca como acababa de hacer en el sueño. Sólo que esa vez era real, y no fruto de su imaginación. Aquel beso, que estaba revolucionando sus sentidos, era técnicamente perfecto, una obra de arte. Su hábil lengua envolvía la suya sin tregua en una lenta y placentera tortura.

Había pedido un beso y no se sentía decepcionada. Al contrario. La estaba llevando al mismo abismo del placer. Sus bocas se adaptaban a la perfección, independientemente del ángulo que él adoptara. Y cuanto más apasionadamente la besaba, más viva se sentía ella.

Su garganta emitió un profundo gemido al sentir sus dedos cálidos acariciándole el muslo desnudo y se preguntó en qué momento habría deslizado la mano por debajo de su falda. Cuando sus dedos empezaron a avanzar hacia el centro de su feminidad se acercó instintivamente hacia él y al hacerlo, sus muslos quedaron inmediatamente separados. Como si sus dedos fueran conscientes del efecto que provocaban, siguieron el ascenso deseosos de reivindicar su derecho a la parte más íntima de su cuerpo. Cuando atravesaron el elástico de las braguitas y entraron en contacto con su húmeda hendidura, Gemma dejó escapar otro suspiro. Sintió cómo él separaba los pliegues antes de deslizar un dedo en su interior.

En el momento en que la tocó ahí ella echó la cabeza hacia atrás gimiendo profundamente. Pero él no dejó su boca libre por mucho tiempo y volvió a atraparla mientras sus dedos acariciaban sus partes íntimas de una manera que casi la hicieron llorar.

De pronto notó una sensación en el estómago que se extendió por todo su cuerpo, unos tentáculos de fuego que dejaban a su paso una presión puramente sensual. Su cuerpo se apretó contra su mano instintivamente al tiempo que algo explotaba dentro de su ser y quedaba inundada en algo parecido al éxtasis.

Aunque era la primera vez que experimentaba algo parecido, sabía lo que era. Callum acababa de llevarla a su primer y arrebatador orgasmo. Había oído hablar de ellos, pero nunca había experimentado ninguno. Ahora sabía lo que era responder sin límites a las caricias de un hombre. Cuando las sensaciones se hicieron más intensas apartó la boca, cerró los ojos y soltó un grito incontenible.

–Así me gusta, querida… –dijo con la voz ronca antes de volver a tomar posesión de su boca. Siguió besándola hasta que ella se sintió deliciosamente saciada y su cuerpo dejó de temblar. Finalmente, la dejó libre. Ella abrió los ojos. Se sentía completamente exhausta pero satisfecha.

Él le sostuvo la mirada y ella se preguntó qué estaría pensando. ¿Se habría resentido su relación profesional? Al fin y al cabo, él era su cliente y Gemma nunca había tenido una aventura con ninguno. Y, lo hubiera planeado o no, el caso es que se habían liado. Pensar que podía haber más besos esperándola la hizo estremecerse de gusto.

Mejor aún, si él era capaz de proporcionarle tanto placer en la boca, qué no haría en otras partes de su cuerpo, como sus senos, su estómago y entre las piernas. Aquel hombre tenía una lengua extraordinaria y sabía muy bien cómo utilizarla.

Sus pensamientos la hicieron ruborizarse. Menos mal que no podía leerle los pensamientos. ¿O sí que podía? No había dicho nada todavía. Se limitaba a mirarla mientras se pasaba la lengua por los labios. Pensó que debía decir algo, pero se había quedado sin habla. Acababa de tener su primer orgasmo, sin necesidad de quitarse la ropa. Increíble.

Al olfato de Callum llegaron los efluvios de una mujer que ha sido satisfecha del modo más primitivo. Sintió ganas de desnudarla y probar su esencia femenina. Empaparse la lengua con sus jugos más íntimos, lamer cada rincón de su cuerpo, como tantas veces había soñado.

Ella lo miraba como si estuviera tratando de comprender lo que acababa de ocurrir. Decidió darle tiempo, pero no podía soportar que ella pensara que lo que habían hecho era algo malo, porque no lo era. No iba a tolerar arrepentimientos. Sus dedos habían percibido que su abertura era increíblemente estrecha. Su experiencia sexual, o más bien su falta de ella, no le importaba lo más mínimo. Sin embargo, si nunca había hecho el amor, prefería saberlo.

Abrió la boca para preguntarle, pero ella se le adelantó.

–No deberíamos haberlo hecho, Callum.

¿Cómo podía decir algo así cuando sus dedos todavía estaban dentro de ella? Quizá se le había olvidado porque no los estaba moviendo. Los flexionó y al notar que a ella se le cortaba la respiración y que sus ojos se ensombrecían de deseo, supo que había tenido éxito en recordárselo.

Bajo su atenta mirada, sacó la mano, se la llevó a la boca y chupó uno a uno los dedos que habían estado en su interior.

–Me temo que no estoy de acuerdo –habló con una voz tan ronca que no la reconoció como suya. El sabor femenino volvió a despertar en él el deseo–. ¿Por qué lo dices, Gemma?

Ella tragó saliva con dificultad y lo miró fijamente.

–Porque eres mi cliente.

–Lo sé. Y acabo de besarte. Una cosa no tiene nada que ver con la otra. Te contraté porque sabía que ibas a hacer un buen trabajo. Y te he besado porque…

–¿Porque te lo he pedido?

Él sacudió la cabeza.

–No, porque me apetecía y porque sé que tú querías que lo hiciera.

Ella asintió.

–Sí –dijo en voz baja–. Quería que lo hicieras.

–Entonces no tienes por qué arrepentirte. Y la atracción que sentimos el uno por el otro no tiene nada que ver con la decoración de mi casa, así que ya te puedes quitar esa idea de la cabeza.

Gemma se quedó callada unos instantes antes de preguntar:

–¿Y el hecho de que sea la hermana de Ramsey? ¿Eso no significa nada para ti?

Una sonrisa se dibujó en su rostro.

–Me considero uno de los mejores amigos de Ramsey. ¿Significa eso algo para ti?

Gemma se mordisqueó nerviosamente el labio inferior.

–Sí, seguramente le dará un ataque si alguna vez se entera de que nos gustamos.

–¿Eso crees?

–Sí –respondió ella sin dudarlo un momento–. ¿Tú no?

–No. Tu hermano es un hombre justo que te considera una persona adulta.

Ella puso los ojos en blanco.

–¿Hablamos del mismo Ramsey Westmoreland?

–Sí, del mismo Ramsey Westmoreland, mi mejor amigo y tu hermano. Tú siempre serás una de sus hermanas pequeñas, más que nada porque él te crió. Siempre desempeñará el papel de hermano protector, y es comprensible. Sin embargo, eso no significa que no se dé cuenta de que eres lo suficientemente mayor como para tomar tus propias decisiones.

Se quedó callada, y él supo que estaba meditando sobre lo que acababa de decir. Para reforzar el significado de sus palabras, añadió:

–Además, Ramsey sabe que nunca me aprovecharía de ti, Gemma. No soy ese tipo de hombre. Siempre pregunto antes de actuar. Y recuerda que siempre tienes el derecho de negarte.

Parte de él deseaba que ella nunca le dijera que no.

–Tengo que pensarlo un poco mejor, Callum.

Él sonrió.

–Está bien. Ahora, vayamos dentro.

Hizo ademán de abrir la puerta y ella le tocó la mano.

–¿Y no intentarás besarme de nuevo?

Él estiró el brazo y retiró un mechón de pelo que le caía por la cara.

–No, al menos que me lo pidas o des muestras de que quieres que lo haga. Pero te advierto, Gemma, que si lo haces te lo daré, pues pienso darte lo que tú quieras.

A continuación salió del coche y se dirigió al lado opuesto para abrirle la puerta.

Pensaba darle lo que ella quisiera… Una perpleja Gemma caminó detrás de Callum hacia la puerta principal. ¿Cuándo lo había decidido? ¿Antes, durante o después del beso?

Meneó la cabeza. No podía haber sido antes. Bien es verdad que habían estado a punto de besarse en el avión, pero eso había sido algo espontáneo fruto de una atracción que sólo entonces empezaba a manifestarse. Pero esa atracción había comenzado ¿cuándo?

Dio un profundo suspiro. No tenía ni idea. Siempre lo había admirado en la distancia, pero sin darle demasiada importancia pues daba por sentado que él estaba comprometido. Tenía que admitir que cuando él le dijo que no lo estaba había empezado a verlo bajo una nueva luz. Pero era lo suficientemente realista como para saber que, dada la diferencia de edad, de diez años, y el hecho de que era el mejor amigo de Ramsey, las posibilidades de que él correspondiera a su interés eran ínfimas.

¿Habría sido durante el beso? ¿Habría detectado que para ella había sido el primer beso real? Ella había tratado de seguirle el ritmo, pero cuando éste le condujo a una serie de emociones y sensaciones a las que no estaba acostumbrada, arrojó la toalla y dejó que el asumiera por completo el control. Y no se había sentido decepcionada.

Su primer orgasmo había dejado cada célula de su cuerpo revolucionada. Se preguntó cuántas mujeres sentían un orgasmo sólo con un beso. Se imaginó cómo sería hacer el amor con Callum; el placer podría matarla.

A lo mejor había decidido concederle todos sus deseos después del beso, cuando ella trataba de recuperarse. ¿La consideraría una novedad? ¿Querría despojarla de la inocencia con la que abordaba las cosas que ocurren entre un hombre y una mujer?

Era evidente que Callum pensaba diferente a ella en cuanto a la opinión que de todo ello tendría su hermano mayor. Gemma no estaba segura de cuál sería la reacción de Ramsey. Era consciente de que ya era una adulta capaz de tomar las riendas de su propia vida. Pero tras ver los problemas que habían ocasionado los gemelos Bane y Bailey mientras crecían, Gemma se había prometido a sí misma no causarle jamás a Ramsey quebraderos de cabeza innecesarios.

A pesar de su tendencia a decir lo que pensaba en voz bien alta y de que era demasiado testaruda a veces, generalmente no hacía enfadar a la gente a menos que la hicieran enfadar a ella. Aquellos que habían conocido a su bisabuela, la primera Gemma Westmoreland, casada con Raphel, decían que había heredado esa actitud de su tocaya. Por eso muchos miembros de la familia pensaban que la verdadera historia del bisabuelo Raphel y su tendencia a la bigamia todavía estaba por descubrir. Gemma no estaba tan deseosa de averiguar la verdad como Dillon, pero sabía que Megan y algunos de sus primos sí que lo estaban.

Se detuvo cuando llegaron a la puerta y Callum sacó una llave del bolsillo. Gemma miró alrededor y vio que aquella casa estaba apartada de las demás. Era bastante más grande que las otras, aunque para ella todas parecían enormes.

–¿Por qué tu casa ocupa ella sola una calle entera? –preguntó.

–Lo quise así para preservar mi intimidad.

–¿Y tus vecinos la respetan?

Él sonrió.

–Pues sí, porque fui yo mismo el que compró el resto de las casas en este lado de la urbanización. No quería sentirme rodeado de gente. Estoy acostumbrado a tener mucho espacio, pero me gustó esta zona porque tengo la playa prácticamente en el patio trasero.

Gemma tenía muchas ganas de verla, pues Denver no tenía playas de verdad. Estaba la playa de Rocky Mountain, que tenía un tramo de arena, pero no estaba junto al océano como las playas de verdad.

–Bienvenida a mi hogar, Gemma.

Él retrocedió y Gemma traspasó el umbral en el mismo momento en que él daba al interruptor y las luces se encendían. Miró a su alrededor boquiabierta. El interior de esa casa era maravilloso y, a menos que él tuviera dotes de decorador que ella desconocía, parecía claro que había contratado los servicios de un profesional. Los colores, masculinos, estaban bien coordinados y armonizaban a la perfección.

Avanzó por la habitación observándolo todo, desde las alfombras persas que cubrían el bello suelo de nogal y los almohadones decorativos sobre el sofá, al estilo de las cortinas y persianas que ocultaban los grandes ventanales. Los colores claros hacían que las habitaciones parecieran más grandes y el pasamanos de la escalera en espiral que llevaba al piso de arriba confería al lugar un aire sofisticado.

Cuando Callum cruzó la habitación y subió las persianas, Gemma se quedó sin respiración. No había mentido al decir que la playa estaba prácticamente en el patio trasero. A la luz de la luna llena, pues ya era de noche, pudo admirar las bellas aguas del océano Pacífico.

Vivir fuera de casa mientras estudiaba en la universidad había satisfecho las ganas de conocer mundo que pudo tener alguna vez. Viajar nunca habían sido una prioridad. Se conformaba con las cuarenta hectáreas que había heredado al cumplir veintiún años, una herencia que todos los Westmoreland recibían al llegar a esa edad. El territorio de Denver que casi todo el mundo conocía como la región Westmoreland era el único hogar que conocía y el único que quería tener. Pero no le quedó más remedio que admitir que lo que había visto de Australia era igualmente apetecible.

Callum se giró para mirarla.

–Y bien, ¿qué te parece?

Gemma sonrió.

–Creo que me va a encantar.

Capítulo Ocho

A la mañana siguiente, después de darse una ducha, Callum se vistió mientras contemplaba por la ventana de su dormitorio las bellas aguas del océano. Por alguna razón pensó que aquél iba a ser un día maravilloso. Estaba de vuelta en casa y la mujer con la que pensaba compartir el resto de su vida dormía bajo su techo. Mientras se calzaba los zapatos pensó que echaba de menos Denver, el trabajo en el rancho y el contacto con los hombres con los que había intimado a lo largo de los tres últimos años. Durante ese tiempo Ramsey había necesitado su ayuda y entre ellos se había formado un lazo estrecho. Ahora la vida de Ramsey había tomado una dirección distinta. Era verdaderamente feliz; tenía una esposa y un hijo en camino, y Callum se sentía feliz por su amigo. Su plan era encontrar la misma felicidad para sí mismo.

Mientras se abotonaba la camisa recordó el beso que Gemma y él se habían dado la noche anterior. Todavía tenía el sabor de ella en la lengua. Le había dicho que no volvería a besarla hasta que ella lo pidiera, y pensaba hacer todo lo que estuviera en su mano para que esto ocurriera. Pronto.

Era plenamente consciente de que Gemma era muy testaruda. Si quería meterle una idea en la cabeza, tendría que hacerlo de manera que ella pensara que la idea había sido suya. De lo contrario, se opondría. A Callum esto no le molestaba. Cuando puso en marcha su plan de seducción su objetivo era que Gemma pensara que era ella la que lo estaba seduciendo a él.

Aunque sus sentimientos por Gemma iban más allá del deseo sexual, no podía evitar los sueños nocturnos que lo acechaban desde que la conoció. La había visto desnuda, en sueños. Había saboreado cada centímetro de su piel, en sueños. Y en sueños le preguntaba constantemente qué deseaba, qué necesitaba, para demostrarle que era la mujer de su vida.

La noche anterior, después de que él le mostrara el cuarto de invitados y le llevara el equipaje a la habitación, ella le dijo que estaba muy cansada y que se retiraría temprano. Se había metido rápidamente en su cuarto y no había emergido aún de él. No importaba. Con el tiempo se daría cuenta de que en lo que a él se refería, podía huir, pero no esconderse. La dejaría negar que algo estaba naciendo entre los dos, pero pronto descubriría que él era el hombre de su vida.

Pero lo que quería y necesitaba en ese preciso momento era otro beso. Sonrió al pensar que su misión era hacer que ella sintiera lo mismo. Y, mientras salía de su habitación, decidió que recibir otro beso era un asunto prioritario.

Gemma estaba de pie descalza delante de la ventana de la cocina, admirando la playa. La vista era espectacular. Nunca había visto nada parecido.

Una vez, cuando estaba en la universidad, había ido desde Nebraska a Florida en coche con unas amigas para pasar un fin de semana de primavera en la playa de Pensacola. Allí había visto una playa verdadera con kilómetros y kilómetros de limpias aguas de color turquesa. Estaba convencida de que el océano Pacífico era aún más impresionante y había tenido que recorrer miles de kilómetros para conocerlo.

Pensó en su casa.

Aunque la echaba de menos, decidió que su estancia en Australia sería una aventura, y no un mero viaje de trabajo. Debido a la diferencia horaria no había realizado ninguna llamada telefónica la noche anterior, pero pensaba hacerlo pronto.

Megan estaba investigando el asunto de Niecee y el banco. Gracias al dinero que Callum le había adelantado, su cuenta volvía a estar boyante y podía hacer frente a sus deudas. Pero no pensaba dejar que Niecee se saliera con la suya. No quería que nadie de la familia, aparte de Megan y Bailey, supiera lo ocurrido hasta haber recuperado el dinero.

Bebió un poco de café y pensó en el beso de la noche anterior. El orgasmo había sido sencillamente arrebatador. Sólo pensar en ello la hacía estremecer. Enrojeció al recordar lo que Callum había hecho con la lengua en su boca y con los dedos entre sus piernas.

Le había costado conciliar el sueño. Había soñado más de una vez con su lengua y ahora que sabía lo que podría hacer con ella, quería más.

Dio un hondo suspiro, pensando que de ninguna manera podría pedirle una segunda parte. Ahora podía afirmar que sabía de primera mano lo que era un orgasmo con su virginidad todavía intacta. Qué cosas. Tener veinticuatro años y ser virgen no le importaba lo más mínimo. Lo que le molestaba era saber que había mucho placer por sentir ahí fuera y que ella se lo estaba perdiendo. Un placer que sin duda Callum era más que capaz de procurarle.

No tenía más que pedirle lo que quisiera.

–Buenos días, Gemma.

Ella se giró repentinamente, sorprendida de no haber derramado el café. No lo había oído bajar por las escaleras. De hecho, tampoco lo había oído en el piso de arriba. Y ahí estaba de pronto, en mitad de la cocina, vestido como no lo había visto nunca.

Llevaba un traje de color gris de buena calidad. De algún modo había dejado de ser el encargado de un rancho de ovejas para convertirse en un sofisticado hombre de negocios. No supo cómo interpretar ese cambio. No estaba segura de a cuál de los dos Callum Austell prefería.

–Buenos días, Callum –se oyó decir a sí misma mientras trataba de no perderse en las profundidades de sus ojos verdes–. Ya estás vestido y yo no.

Se miró a sí misma. No llevaba zapatos y además se había puesto uno de los vestiditos de verano que Bailey le había regalado por su cumpleaños.

–No pasa nada. La casa no va a irse a ningún sitio; seguirá allí cuando estés lista. Yo tengo que ir a la oficina para decirle a todo el mundo que he vuelto por un tiempo.

Ella alzó una ceja.

–¿La oficina?

–Sí. Promotora Inmobiliaria Le'Claire. Es una constructora parecida a la firma de gestión de tierras Blue Ridge. La organización aglutina varios ranchos de ovejas más pequeños, del estilo del de Ramsey.

–Y tú eres…

–El consejero delegado de Le'Claire –afirmó.

–¿Le pusiste a la empresa el nombre de tu madre?

Él rió entre dientes.

–No, fue mi padre el que lo hizo. De acuerdo con las condiciones del fideicomiso que creó mi bisabuelo, los cuatro hermanos recibimos nuestro propio negocio al cumplir los veintiún años. Morris, por ser el primogénito, heredará las granjas de ovejas que pertenecen a la familia Austell desde hace varias generaciones, así como acciones en todos los negocios de sus hermanos. Colin es el consejero delegado de la cadena de hoteles de la familia. El hotel en el que nos alojamos la otra noche es uno de ellos. Le'Shaunda recibió una cadena de supermercados y a mí me tocó la promotora inmobiliaria y varios ranchos de ovejas pequeños. Aunque soy el consejero delegado, cuento con empleados muy eficientes que llevan los asuntos en mi ausencia.

Gemma asintió mientras trataba de asimilar todo aquello. Bailey les había dicho a sus hermanas que Callum tenía mucho dinero, pero Gemma no se lo había acabado de creer. ¿Por qué un hombre tan rico como decía Bailey se contentaría con un trabajo de encargado de un rancho ajeno? Vale que Ramsey y él fueran buenos amigos, pero eso no era razón suficiente para que Callum renunciara a una vida lujosa durante tres años y viviera en una pequeña cabaña en la propiedad de su hermano.

–¿Por qué lo hiciste? –preguntó.

–¿Por qué hice qué?

–Es obvio que tienes dinero. ¿Por qué has renunciado a todo esto durante tres años para trabajar de encargado en el rancho de mi hermano?

Callum se planteó si aquél sería el momento ideal de sentarse con ella y explicarle la razón por la que había vivido en Denver durante tres años. Pero pensó que igual que a su padre no le había salido bien la jugada cuando trató de explicarle a su madre que eran almas gemelas, a él tampoco iba a funcionarle con Gemma.

Según Todd Austell, convencer a Le'Claire Richards de que para él había sido amor a primera vista fue lo más difícil que había tenido que hacer en su vida. De hecho, Le'Claire pensó que quería casarse con ella para rebelarse contra sus padres, que querían elegirle esposa, y no porque realmente estuviera enamorado.

Callum estaba convencido de que su madre había cambiado de opinión, pues no pasaba un día sin que su padre le demostrara a su esposa lo mucho que la amaba. Quizá por eso a Callum le había resultado tan fácil reconocer que estaba enamorado. Su padre era un modelo a imitar.

Sin embargo tenía la sensación de que Gemma juzgaría su enamoramiento con el mismo escepticismo de su madre. No podía explicarle la razón que lo había llevado a vivir durante tres años prácticamente en el patio trasero de Gemma.

–Necesitaba descansar un poco de mi familia –se oyó decir, lo cual no era del todo mentira. En sus años mozos había sido un chico salvaje e irreflexivo y su regreso a casa tras pasar por la universidad no había mejorado las cosas. Entonces murió su abuelo.

Callum había estado muy unido al anciano, que

lo había mimado excesivamente. Una vez hubo desaparecido, no había nadie que excusara sus travesuras, que lo sacara de los líos en los que se metía y que escuchara las historias que se inventaba. Su padre decidió que la única manera de que se convirtiera en un hombre de provecho era ponerlo a trabajar. Y así lo hizo.

Trabajó en el rancho de sus padres un año entero para demostrar su valía. Sólo entonces su progenitor decidió concederle la dirección de la compañía Le'Claire. Pero para entonces Callum había decidido que prefería la litera del rancho a un despacho glamoroso en la trigésima planta de un edificio con vistas al puerto. De modo que contrató al mejor equipo de administradores que el dinero podía pagar para que se encargaran de su rancho mientras él volvía a trabajar en el de sus padres. Fue entonces cuando conoció a Ramsey y ambos se hicieron amigos rápidamente.

—Lo entiendo —intervino Gemma interrumpiendo sus pensamientos.

Él alzó una ceja. Había esperado que siguiera interrogándolo.

—¿Ah, sí?

—Sí, ésa es la razón por la que Bane se fue de casa y se alistó a la Marina. Necesitaba su espacio, estar lejos de nosotros durante un tiempo. Tenía que encontrarse a sí mismo.

Brisbane era el hermano pequeño de su primo Dillon. Por lo que sabía Callum, Bane sólo tenía ocho años cuando murieron sus padres. Manifestó su tristeza de forma diferente a los demás pues se dedicó a pelear para obtener la atención que anhelaba. Cuando se graduó en el instituto se negó a ir a la universidad. Tras varios encontronazos con la ley y un enfrentamiento con los padres de una jovencita que no querían que su hija tuviera nada que ver con él, Dillon convenció a Bane de que se replanteara la vida. Todo el mundo esperaba que la vida militar lo convirtiera finalmente en un hombre.

Callum decidió que no era el momento de admitir la verdad frente a Gemma.

–¿Te gustaría venir a la oficina conmigo un rato? ¿Quién sabe? A lo mejor se te ocurre alguna sugerencia para decorarla.

El rostro de Gemma se iluminó y Callum pensó que podía decorar cualquier cosa que él poseía si hacerlo provocaba esa sonrisa.

–¿Me darías esa oportunidad?

Él contuvo las ganas de decirle: «Te daré cualquier cosa que me pidas, Gemma Westmoreland».

–Sí, pero sólo si entra dentro de mi presupuesto.

Ella echó la cabeza hacia atrás y soltó una carcajada. El cuerpo de Callum se endureció al ver su pelo deslizándose por los hombros.

–Veremos qué puedo hacer –dijo ella dirigiéndose hacia las escaleras–. No tardaré en vestirme, te lo prometo.

–Tómate tu tiempo.

Se sirvió una taza del café que había preparado Gemma, pensando que todavía no había obtenido el beso que deseaba. Estaba decidido a utilizar sus encantos para que ella se lo diera en algún momento del día.

–¡Bienvenido, señor Austell!

–Gracias, Lorna. ¿Está todo el mundo aquí? –preguntó Callum a la mujer de mediana edad sentada tras el enorme escritorio.

–Sí, señor. Todos listos para la reunión de hoy.

–Bien. Me gustaría presentarles a Gemma Westmoreland, una de mis socias. Gemma, ésta es Lorna Guyton.

La mujer le dedicó una sonrisa a Gemma, que estaba de pie junto a Callum.

–Encantada de conocerla, señora Westmoreland –saludó la mujer ofreciéndole la mano.

–Lo mismo digo, señora Guyton.

A Gemma le gustó el modo en que había sido presentada. Socia sonaba mucho mejor que decoradora.

Miró alrededor, tomando una nota mental de la distribución de esa planta del edificio Le'Claire. Al entrar en el garaje le había impresionado el rascacielos de treinta plantas. De momento, lo único que cambiaría del interior del edificio, si le dieran la oportunidad, eran los cuadros que adornaban las paredes.

–Puede anunciar nuestra llegada al resto del equipo, Lorna –ordenó Callum y, tomando a Gemma del brazo, la guió hacia la sala de conferencias.

Gemma oyó la palabra «nuestra» al mismo tiempo que Callum le tocaba el brazo y no supo cuál de las dos cosas hizo que la cabeza le diera vueltas, si el hecho de que él la incluyera en la reunión o la forma en que su cuerpo reaccionó a su roce.

Gemma había supuesto que mientras él hablaba de negocios la haría esperar en recepción cerca de la mesa de Lorna. El hecho de que la incluyera le causaba un gran placer y la hacía sentir importante.

Tenía que concentrarse en detener a todas esas mariposas que revoloteaban en su estómago. Desde que se habían besado, estaba experimentando todo tipo de sensaciones. Cuando él apareció por la mañana en la cocina con el aspecto de hombre de portada de la revista *GQ* la sangre se le había subido rápidamente a la cabeza. Luego había estado sentada junto a él en el coche, aspirando su aroma cada vez que tomaba aire. Le había resultado difícil mantener la compostura al recordar lo que había pasado la noche anterior en ese mismo asiento. Durante el trayecto su cuerpo había entablado una batalla interior.

–Buenos días a todos.

Los pensamientos de Gemma se vieron interrumpidos cuando Callum la condujo a la gran sala de conferencias donde había varias personas aguardando expectantes. Los hombres se pusieron en pie y las mujeres sonrieron y la miraron con curiosidad.

Callum saludó a todos por su nombre y presentó a Gemma de la misma manera en que lo había hecho con Lorna. Cuando se dirigió hacia la silla de presidencia, ella hizo ademán de ir por una silla del fondo de la sala, pero él la sujetó con fuerza del brazo y la guió hacia el frente. A continuación le ofreció la silla vacía que había junto a él para que se sentara. Una vez se hubo sentado Gemma, Callum le sonrió, tomó asiento y dio comienzo a la reunión con una voz profunda y enérgica.

Gemma admiró su eficiencia y tuvo que recordarse a sí misma durante la reunión que aquél era el mismo Callum que regentaba la granja de ovejas de su hermano. El mismo que hacía girar las cabezas femeninas cuando paseaba por la ciudad con unos vaqueros ajustados y una camisa del mismo estilo. Y el mismo que le había hecho gritar de placer la noche anterior… en su coche ni más ni menos. Miró su mano, la misma que ahora sostenía un bolígrafo, y recordó lo que había hecho la víspera con esos dedos.

De pronto se sintió muy excitada y se dio cuenta de que su excitación iría in crescendo si seguía mirando aquella mano. Durante la reunión, que duró una hora, trató de centrar su atención en otras cosas, como el color de las paredes, el estilo de las ventanas y el espesor de la moqueta. Si le daban la oportunidad, mejoraría el aspecto de aquel lugar. Por alguna razón aquella sala parecía un poco apagada en comparación con el resto del edificio. Además de los aburridos cuadros que colgaban de la pared, la moqueta estaba desvaída. Era evidente que al decorador anterior nadie le había dicho que el color de la moqueta en una empresa influye en gran medida en el ánimo de los empleados.

–Veo que todos seguís haciendo un trabajo fantástico en mi ausencia, cosa que os agradezco. Doy por finalizada la reunión –anunció Callum.

Todos los asistentes se pusieron en pie y salieron de la sala cerrando la puerta tras de sí. Gemma se dio la vuelta y vio que Callum la miraba fijamente.

–¿Qué te pasa? Parecías aburrida.

Ella se preguntó cómo se habría dado cuenta, pues se suponía que su atención estaba plenamente dedicada a la reunión. Pero ya que lo había notado, decidió ser sincera.

–No he podido evitarlo. Esta sala es aburridísima –miró hacia los lados–. Aburrida hasta morir.

Callum echó la cabeza hacia atrás y soltó una carcajada.

–¿Eres siempre así de sincera?

–Oye, me has preguntado. Y sí, suelo serlo. ¿No te advirtió Ramsey de que no tengo ningún reparo en decir lo que pienso?

–Sí, ya me advirtió.

Ella le sonrió con dulzura.

–Y aun así me contrataste… Desgraciadamente, ahora no te queda más remedio que aguantarme.

Callum no quería hacer otra cosa que plantarle un beso en sus sensuales labios y decirle que soñaba con aguantarla toda la vida. En lugar de eso, consultó su reloj.

–¿Quieres comer algo antes de ir a la casa que vas a decorar? Mientras almorzamos puedes contarme por qué esta sala te aburre hasta morir.

Ella rió entre dientes al tiempo que se ponía en pie.

–Con mucho gusto, señor Austell.

Capítulo Nueve

–Bueno, aquí estamos. Quiero que me digas qué puedes hacer por este lugar.

Gemma oyó las palabras de Callum, pero su mirada se perdió en el interior de la descomunal mansión. Estaba absolutamente maravillada. Había pocas casas que la dejaran boquiabierta, pero aquélla lo había hecho antes incluso de traspasar el umbral. Desde el momento en que entraron con el coche en el caminito de entrada se había quedado impresionada con la arquitectura. Había visto los planos y sabía que se trataba de una casa preciosa. Pero apreciarla en todo su grandioso esplendor era algo verdaderamente especial.

–Cuéntame su historia –le pidió mientras admiraba la elegante escalera, los elevados techos, las exquisitas molduras y el bellísimo suelo de madera. Por alguna razón dio por hecho que Callum la conocía. Tras observarlo durante la reunión de aquella mañana había llegado a la conclusión de que era un hombre de negocios muy astuto que prefería vestirse con ropa deportiva y lidiar con ovejas a llevar elegantes trajes y pronunciar declaraciones de objetivos.

Durante el almuerzo, Gemma le preguntó cómo se las había arreglado para mantenerse al día con los asuntos de Le'Claire mientras trabajaba para Ramsey.

Él le contó que había vuelto a casa en varias ocasiones en las que su presencia había sido necesaria. Por otro lado, la casita en la que vivía en Denver tenía conexión a Internet, fax y todo lo necesario para mantenerse en contacto con su equipo en Australia. Debido a la diferencia horaria, cuando eran las seis de la tarde en Denver, eran las diez de la mañana del día siguiente en Sidney. Solía terminar su jornada de trabajo cerca de las cinco, tras lo cual se marchaba a casa, se duchaba y participaba en varias reuniones importantes mediante teleconferencia hasta las siete.

–Se trata de una zona histórica llamada Bellevue Hills. Esta mansión perteneció en su momento a uno de los hombres más ricos de Australia. Shaun me habló de ella; me aconsejó que le echara un vistazo y le hiciera una oferta al vendedor. Y así lo hice.

–¿Así, sin más? –preguntó ella chasqueando los dedos.

–Así, sin más –fue su respuesta, acompañada de otro chasquido.

Gemma no pudo evitar reírse.

–Me gusta tu manera de pensar, Callum. Este lugar es una preciosidad.

–¿Crees que es el tipo de sitio donde le gustaría vivir a una mujer normal y corriente?

–Callum, cualquier mujer normal y corriente se moriría por vivir en una casa como ésta. Es prácticamente una mansión, digna de una reina. Te lo digo porque yo me considero una mujer normal y corriente y me encantaría vivir aquí.

–¿Ah, sí?

–Por supuesto. Me muero por echar un vistazo y hacer algunas sugerencias de decoración.

–¿Tan detalladas como las que has hecho acerca de la sala de reuniones de Le'Claire durante el almuerzo?

–Probablemente –respondió con una sonrisa–. Pero no lo sabré hasta que no tome las medidas.

Sacó una cinta métrica del bolso.

–Vamos allá.

Él le tocó el brazo y en el momento en que lo hizo volvió a sentir ese hormigueo que siempre la invadía cuando él la rozaba, sólo que esta vez la sensación fue más fuerte.

–¿Te encuentras bien, Gemma? Estás temblando.

Ella respiró hondo mientras avanzaban por el vestíbulo hacia el resto de la casa.

–Sí, estoy bien –respondió sin atreverse a mirarlo.

Callum se apoyó en la encimera de la cocina y observó a Gemma mientras ésta tomaba las medidas de una ventana subida a una escalera. Se había quitado la chaqueta y los zapatos. Le miró los pies y pensó que tenía unos dedos bonitos.

Llevaban ya dos horas en la casa y todavía quedaban medidas por tomar. A él no le importaba seguir mirándola subida a la escalera. De vez en cuando, cuando ella se movía, lograba vislumbrar sus espectaculares pantorrillas y sus deliciosos muslos.

–Estás muy callado.

Su observación interrumpió sus pensamientos.

–Te estoy mirando.

–¿Te diviertes?

–Ni te imaginas.

–Yo también. Me lo voy a pasar genial decorando esta casa. Desgraciadamente, tengo malas noticias.

Él alzó una ceja.

–¿Qué malas noticias?

–Lo que quiero hacer aquí te va a arruinar. Y me va a llevar más de las seis semanas que habíamos previsto.

Él asintió. Por supuesto, no podía decirle que contaba con ello.

–No hay ningún problema por mi parte. ¿Qué me dices de tu agenda de trabajo en Denver? ¿Te viene mal quedarte un poco más?

–No. He terminado todos los proyectos que tenía en curso y tenía pensado tomarme unas vacaciones antes de solicitar más. Así que por mi parte tampoco hay problema, siempre que no te importe tenerme de invitada más tiempo.

–En absoluto.

–Quizá deberías pensártelo antes.

–No, puede que seas tú la que se lo tenga que pensar.

Ella lo miró desde las escaleras y se quedó inmóvil. Callum supo en ese momento que ella había adivinado sus pensamientos. Aunque disfrutaban de su mutua compañía, llevaban todo el día andando con pies de plomo. Después de almorzar, él le había dado una vuelta por el centro de la ciudad para enseñarle el edificio de la Ópera, los Reales Jardines Botánicos y la Catedral de San Andrés. Y le habían dado de comer a las gaviotas en Hyde Park antes de ir a la casa. Pasear juntos les había resultado natural e incluso habían caminado de la mano en un momento dado. Cada vez que la tocaba ella se ponía a temblar.

¿Pensaría ella que no se daba cuenta de lo que significaba ese temblor? ¿Acaso no sabía lo que sentía al estar tan cerca de ella? ¿No veía el amor brillando en sus ojos cada vez que la miraba?

Callum consultó su reloj.

–¿Piensas medir todas las ventanas hoy mismo?

–No, ésta es la última. ¿Me volverás a traer mañana?

–No tienes más que preguntar. Haré lo que tú quieras.

–En ese caso, me gustaría volver y terminar esta parte. Luego tendremos que decidir qué telas quieres –dijo bajando de la escalera–. Cuanto antes lo hagamos, mejor.

Callum sujetó la escalera mientras ella descendía.

–Gracias –dijo cuando sus pies tocaron el suelo.

Se quedaron uno frente al otro.

–No hay de qué. ¿Estás lista?

–Sí.

En lugar de tomarla de la mano, caminó a su lado en silencio. Sintió que ella lo miraba pero no le devolvió la mirada. Le había prometido que no la besaría a menos que ella lo pidiera, cosa que no había hecho. Eso significaba que cuando llegara a casa tendría que utilizar una estrategia más atrevida.

–¿Estás bien, Callum?

–Perfectamente. Es casi la hora de la cena, ¿adónde te gustaría ir?

–Me da igual, me apetece cualquier cosa.

A él se le ocurrió una idea que le hizo sonreír.

–¿Qué te parece si cocino esta noche?

Ella enarcó una ceja.

–¿Sabes cocinar?

–Creo que te sorprendería.

–En ese caso, sorpréndeme –rió ella.

«Haré lo que tú quieras».

Gemma salió del jacuzzi y se secó mientras pensaba que Callum había dicho esa frase varias veces en los últimos días. Se preguntó qué pensaría de ella si le dijera que lo que más quería en el mundo era otra dosis de placer como la que le había proporcionado la noche anterior.

Después de estar casi todo el día junto a él tenía los nervios a flor de piel. Cada vez que la rozaba o que le sorprendía mirándola sentía la irresistible necesidad de explorar la intensa atracción que existía entre ellos. Su boca y sus dedos habían plantado en ella una necesidad tan profunda, tan increíblemente física que ciertas partes de su cuerpo lo deseaban desesperadamente.

Conocía el caso de personas que se sentían tan atraídas físicamente que la lujuria consumía sus pensamientos. A ella nunca le había ocurrido algo parecido. Hasta entonces. ¿Y por qué le estaba pasando? ¿Qué tenía Callum, aparte de lo obvio, que la aturdía de esa manera? Le hacía desear cosas que nunca había deseado antes. Con él se sentía tentada de ir más allá de lo que nunca había ido con otros hombres. En cierto modo lo había hecho la noche anterior. Ningún otro hombre le había introducido jamás el dedo. Pero Callum lo había hecho mientras le hacía perder el sentido con sus besos, despertando en ella una pasión sin precedentes.

Sacudió la cabeza y trató de recuperar la calma, sin éxito. No podía apartar de su mente el recuerdo del orgasmo. Ahora sabía lo que era el verdadero placer. Pero por otro lado sospechaba que sólo había dado con la punta del iceberg y su cuerpo ansiaba ir más allá. La idea de que la aguardaba algo aún más poderoso y explosivo estremecía deliciosamente todo su ser.

Se le ocurrían varias razones por las que no debía considerar la idea de tener una aventura con Callum. Pero también había varias razones para hacerlo. Tenía veinticuatro años y era virgen. Regalarle a Callum su virginidad tenía sentido pues, además de sentirse atraída por él, Callum sabía lo que se hacía. Había oído historias horribles de hombres inexpertos.

Además, si tenían una aventura, ¿quién iba a enterarse? Callum no era el tipo de hombre que iba alardeando de sus hazañas. Y no parecía preocuparle el hecho de que su hermano fuera su mejor amigo. Por otro lado, él volvería a Australia a vivir, por lo que ella no tendría que encontrárselo a todas horas y recordar lo que habían hecho.

Entonces, ¿qué se lo impedía?

Conocía la respuesta a esta pregunta. Era la misma razón por la que todavía era virgen. Temía que el hombre que le robara su virginidad se apropiara también de su corazón. Y era una idea que no podía soportar. ¿Y si le hacía daño y le rompía el corazón como habían hecho sus hermanos con todas esas chicas?

Se mordió el labio inferior mientras se ponía el vestido para la cena. Tendría que encontrar la manera de experimentar placer sin sufrir por amor. De hacer el amor con un hombre sin encariñarse con él. Los hombres lo hacían todo el tiempo. Se embarcaría en una aventura amorosa con los ojos bien abiertos, sin esperar más de lo que iba a recibir. Y cuando todo acabara, su corazón seguiría intacto.

No sería como todas esas muchachas que se enamoraban de un Westmoreland para acabar con el corazón roto. Sería fácil. Al fin y al cabo, Callum le había dicho que estaba esperando a su alma gemela. No habría malentendidos por ninguna de las dos partes. Ella no estaba enamorada de él ni él de ella. Ambos conseguirían lo que andaban buscando. Más de lo que habían hecho la noche anterior.

Sonrió al imaginárselo. No tenía mucha experiencia en las artes de seducción, pero Callum estaba a punto de descubrir lo deseosa que estaba de aprender cosas nuevas.

Callum oyó a Gemma andando de un lado a otro en el piso de arriba. La había animado para que se diera un relajante baño de burbujas en el enorme jacuzzi mientras él preparaba la cena.

Como habían almorzado en abundancia en uno de los restaurantes cercanos al puerto de Sidney, decidió preparar una cena sencilla, consistente en una ensalada y un pastel de carne australiano.

Sonrió al recordar la expresión de su rostro cuando vio la casa por primera vez, y su excitación por decorarla a su manera.

El teléfono móvil sonó y él lo sacó del cinturón para contestar.

—Dígame.

—¿Qué tal estás, Callum?

Sonrió al oír la voz de su madre.

—Estoy bien, mamá. ¿Y tú?

—Estupendamente. No he hablado contigo desde que estuviste ayer en casa con Gemma y sólo quería comentarte que me pareció encantadora.

—Gracias, mamá. A mí también me lo parece. Estoy deseando que se dé cuenta de que es mi alma gemela.

–Ten paciencia, Callum.

Él rió entre dientes.

–Lo intentaré.

–Sé que Gemma va a estar muy ocupada con la decoración de la casa, pero Shaun y yo nos preguntábamos si estará libre para ir de compras con nosotras el próximo viernes. Anette y Mira vendrán también.

La idea de perder de vista a Gemma no le hacía mucha gracia. Conocía las expediciones de su madre, su hermana y sus cuñadas: podían durar horas. Se sintió como un amante posesivo y sonrió. Todavía no era su amante, pero aspiraba a serlo. Mientras tanto, se esforzaba diligentemente en convertirse en una parte permanente de su vida o, por decirlo de otra forma, en su marido.

–Callum.

–Sí, mamá. Estoy seguro de que le apetecerá. Está arriba cambiándose para la cena. Le diré que te llame.

Habló con su madre un ratito más antes de colgar. Se sirvió una copa de vino y admiró la vista del Pacífico. Se alegraba de haber conservado esa casa; le encantaban la vista y la privacidad que ofrecía.

La propiedad que Gemma estaba decorando estaba en las afueras de la ciudad, en una parcela de tres hectáreas, espacio suficiente para la gran familia que deseaba tener con ella. Bebió vino mientras imaginaba a Gemma embarazada de su hijo.

Dio un hondo suspiro pensando que si alguien le hubiera dicho cinco años atrás que estaría en esa situación se habría quedado atónito. Su madre le sugería que tuviera paciencia. Había demostrado tenerla durante los últimos tres años y había llegado el momento de actuar.

–Callum.

Se giró al oír su voz. Tragó saliva mientras luchaba por quedarse donde estaba en lugar de cruzar la habitación, estrecharla entre sus brazos y darle el recibimiento que tenía en mente. Estaba bellísima, como siempre, pero aquella noche parecía diferente. Por primera vez, su rostro estaba iluminado por un brillo sereno. ¿Sería el efecto de haber pasado dos días en Australia?

–Estás muy guapa, Gemma.

–Gracias, tú también.

Se miró a sí mismo. Se había quitado el traje y ahora llevaba vaqueros y un polo. Ella se había puesto un conjunto tentador consistente en una falda que le llegaba hasta la rodilla con top a juego y unas sandalias. Al mirarla pensó inmediatamente en una palabra: sexy. Mejor, en dos palabras: supersexy. No conocía a ninguna otra mujer tan sensual como ella.

Admiró la perfección de sus piernas, sus rodillas, sus pantorrillas. Tenía que tener paciencia, como había sugerido su madre, y contener su creciente deseo. Pero eso no era fácil, cuando no tenía más que respirar para embriagarse con su aroma.

–¿Qué bebes?

Sus palabras interrumpieron sus pensamientos.

–Perdona, ¿qué has dicho?

Ella sonrió.

–Te he preguntado qué bebes.

Él alzó su copa y la miró.

–Vino. ¿Quieres?

–Sí.

–Estupendo. Te serviré una copa.

–No hace falta –dijo ella caminando lentamente hacia él.

Callum sintió que se le aceleraba el pulso y que su respiración se entrecortaba a medida que ella se acercaba.

–Compartiré la tuya –replicó deteniéndose frente a él.

Alargó el brazo, tomó la copa y dio un sorbo después de pasar la punta de la lengua por el borde.

Callum la miró mientras bebía conteniendo la respiración.

–Buenísimo, Callum. Lo mejor de Australia, me imagino.

Él tragó saliva tratando de mantener el control.

–Sí, un amigo de mi padre posee una bodega. Tengo muchas botellas, ¿quieres que te sirva un poco?

Su sonrisa se ensanchó.

–No, gracias. Pero hay algo que sí que quiero –dijo acercándose hacia él.

–¿Ah, sí? –apenas le salían las palabras–. Dime qué es. Como te dije ayer y te vuelvo a decir hoy, te daré lo que tú quieras.

Ella se inclinó hacia él y susurró.

–Te tomo la palabra, Callum Austell, porque he decidido que te quiero a ti.

Capítulo Diez

Gemma esperaba que Callum la tumbara en el suelo del salón y la poseyera allí mismo. Al fin y al cabo, acababa de decirle que lo deseaba y no hacía falta leer entre líneas para imaginar lo que quería decir. La mayoría de los hombres actuarían inmediatamente para no darle la oportunidad de arrepentirse.

Pero Callum depositó la copa lenta y deliberadamente. La miró fijamente a los ojos y la tomó por la cintura al tiempo que sus cuerpos entraban en contacto.

–Te daré lo que tú quieras, Gemma.

Ella advirtió una pasión intensa en la profundidad de sus ojos antes de que se inclinara para besarla. En el momento en que la lengua de él invadió su boca supo que le iba a hacer perder el sentido.

No la decepcionó.

El último beso que se habían dado la había introducido en un mundo de sensaciones nuevas para ella. Unas sensaciones que la recorrían de los pies a la cabeza inundando el centro de su feminidad de pasiones turbulentas y su corazón de emociones desconocidas.

Aquel beso estaba siendo aún más poderoso que el anterior. Su cabeza comenzó a dar vueltas, sintió que se ahogaba. La sangre le bombeaba rápida, furiosamente con cada caricia de su lengua.

Sintió que la presión de sus brazos en la cintura se intensificaba y cuando él cambió de posición notó algo más: su miembro endurecido tras la cremallera de los pantalones. Cuando ella movió la cadera y sintió los duros músculos masculinos alineados con sus curvas y el tejido de los vaqueros frotando sus piernas desnudas, soltó un profundo gemido.

Callum soltó la boca de Gemma y respiró hondo aspirando su esencia. Olía al gel de fresa que había usado en el baño y a perfume. Repartió besos por su frente, sus cejas, sus pómulos, sus sienes mientras le daba la oportunidad de respirar. Su boca era suave y receptiva y tenía un sabor delicioso. Cuanto más profundo el beso más accesible se volvía su boca.

Sus manos se deslizaron por la espalda de Gemma y acunaron sus nalgas. Pudo sentir cada centímetro de sus suaves curvas a través del tejido de su falda e instintivamente la apretó contra su cuerpo.

–¿Quieres más? –le susurró en la boca, saboreando las comisuras de sus labios, maravillado de lo bien que sabían

–Sí, quiero más –gimió ella.

–¿Cuánto más?

Necesitaba saber. El pensamiento racional empezaba a abandonarle y poco a poco iba perdiendo el control. No tardaría mucho tiempo en desnudarla.

Durante el tiempo que había pasado en Denver había observado que ella no salía con chicos muy a menudo. Y aunque no podía estar seguro de lo que había hecho cuando estaba en la universidad, tenía la sensación de que Gemma todavía era virgen. Sintió un orgullo inmenso al pensar que ella le estaba haciendo el honor de ser el primero.

–Quiero todo lo que puedas darme, Callum –respondió con la voz pastosa.

Él inspiró rápidamente. Se preguntó si era consciente de lo que le estaba pidiendo. Podía darle muchísimo. Si de él dependiera, la tendría tumbada durante días, se quedaría dentro de ella hasta dejarla embarazada más veces de las que son humanamente posibles. Al imaginarse su semilla recorriendo el canal femenino su miembro erecto presionó la cremallera, suplicando ser liberado y penetrar su cálida humedad.

–¿Tomas anticonceptivos?

Sabía que la respuesta sería afirmativa. Una vez la había oído por casualidad hablando del tema con Bailey y sabía que tomaba la píldora para regular su ciclo mensual.

–Sí, tomo la píldora –reconoció–. Pero no porque me acueste con chicos o nada de eso. De hecho soy…

Se quedó mirándolo a través de sus largas pestañas sin atreverse a terminar la frase. Tenía los ojos muy abiertos, como si acabara de darse cuenta de lo que estaba a punto de confesar.

–¿Eres qué?

Él vio cómo se mordía nerviosamente el labio inferior y estuvo a punto de hacerlo por ella. Continuó depositando besos en su rostro, saboreándola lentamente. Y al ver que no respondía a su pregunta, se echó hacia atrás y la miró.

–Puedes decírmelo todo, Gemma. Cualquier cosa.

–No sé –dijo ella con voz temblorosa–. Es que a lo mejor te hace parar.

«Lo dudo mucho», pensó él.

–Nada que tú me digas va a hacer que deje de darte lo que tú quieres. Nada –dijo con fervor.

Ella lo miró a los ojos y supo que podía creerlo. Se inclinó y susurró:

–Soy virgen.

–Oh, Gemma –dijo él, lleno del amor que cualquier hombre sentiría por una mujer en un momento así. Lo había sospechado, pero hasta que ella no confesó la verdad no estuvo seguro. Ahora lo estaba, y saber que él iba a ser el hombre que le hiciera traspasar el umbral de su feminidad le produjo una sensación inexplicable. Tomó la barbilla entre sus dedos y le sostuvo la mirada.

–¿Me vas a confiar un regalo tan preciado?

–Sí –respondió ella sin vacilar un momento.

Invadido por un placer y un orgullo inmensos, inclinó la cabeza y la besó con dulzura mientras la levantaba del suelo estrechándola entre sus brazos.

Cuando Callum la depositó sobre la cama Gemma supo que iba a darle lo que había pedido. Justo lo que había pedido.

Tumbada sobre una almohada ella lo miró de los pies a la cabeza mientras él se quitaba los zapatos. Se sintió lo suficientemente atrevida como para decirle:

–Quiero ver cómo te quitas la ropa.

Si él se sorprendió por su petición, no lo demostró.

–¿Es eso lo que quieres?

–Sí.

Él sonrió e hizo un gesto de asentimiento.

–Ningún problema.

Gemma se puso cómoda y esbozó una sonrisa.

–Ten cuidado o creeré que eres un chico fácil.

Él se encogió de hombros y comenzó a desabrocharse la camisa.

–Entonces tendré que demostrarte que no es el caso.

Gemma rió entre dientes.

–Eso estaría genial.

Miró su pecho desnudo. Tenía un cuerpo espectacular, pensó.

Él se quitó la camisa y al llevarse la mano a la cremallera de los pantalones, Gemma sintió que la piel le ardía. Cuando comenzó a bajar la cremallera, ella contuvo el aliento. Dejó la cremallera medio abierta y la miró.

–Tengo que confesarte algo antes de seguir.

–¿Qué?

–Anoche soñé contigo.

Gemma sonrió, complacida por su confesión.

–Yo también tengo algo que confesarte.

Él enarcó las cejas.

–Yo también soñé contigo. No es sorprendente, después de lo que pasó anoche.

Él continuó bajándose la cremallera.

–Podrías haber venido a mi cuarto, no me hubiera importado.

–No estaba preparada.

Él se quedó inmóvil.

–¿Y ahora sí lo estás?

–Ahora estoy impaciente.

Él rió mientras se bajaba los pantalones. Gemma lo miró fascinada al ver unos calzoncillos ajustados de color negro. Tenía unos muslos musculosos y unas piernas velludas y atractivas. El modo en que los calzoncillos se ajustaban a su cuerpo la sonrojaron y estremecieron al mismo tiempo.

El corazón empezó a latirle como una locomotora y sintió un hormigueo por todo el cuerpo. No le daba vergüenza mirarlo. Lo único que podía pensar en aquel momento era que su chico australiano era increíblemente sexy.

¿Su chico australiano?

No. Ni ella era de él ni él de ella. Al menos, no en ese sentido. Pero aquella noche, y cuando hicieran el amor, se pertenecerían el uno al otro aunque sólo fuera por un momento.

–¿Quieres que siga?

Ella se lamió los labios, excitada.

–Te dolerá si no lo haces.

Deslizó las manos por la cinta elástica de los calzoncillos y comenzó a bajárselos muy lentamente.

–Caramba…

Gemma se quedó sin palabras. Le dolieron los pechos al ver esa parte de su anatomía que parecía hacerse más grande por momentos. Se mordió el labio. Aquél era sin duda el hombre más bello que había visto en su vida. Allí estaba, poderosamente excitado, con las piernas separadas, las manos en las caderas y el pelo revuelto, expuesto completamente ante ella. Era un hombre que hacía babear a las mujeres. Un hombre que hacía girar cabezas cuando entraba en cualquier sitio, independientemente de lo que llevara puesto. Un hombre que sólo con su voz podía convertir a una chica virtuosa en una libertina.

Ella siguió mirándolo, incapaz de hacer otra cosa, mientras él se acercaba a la cama. Se incorporó hasta quedar sentada para que sus ojos no quedaran a la altura de su miembro erecto.

Gemma no sabía qué haría a continuación. ¿Esperaría que ella le devolviera el favor y se desnudara para él? Cuando él llegó al borde de la cama, Gemma preguntó:

–¿Me toca a mí?

Él sonrió.

–Sí, pero quiero hacerlo de otra manera.

Ella alzó una ceja, confusa.

–¿De otra manera?

–Sí, quiero desnudarte yo.

Ella tragó saliva. No estaba segura de haber comprendido.

–¿Quieres quitarme la ropa?

Él asintió sonriendo seductoramente.

–No, quiero arrebatártela.

Y, sin más, le arrancó la blusa.

Ella lo miró completamente boquiabierta. Callum arrojó la blusa al otro lado de la habitación. Tenía la mirada fija en el sujetador de satén azul que realzaba sus senos. Soltó el broche y deslizó los tirantes por sus hombros, dejando al descubierto lo que él consideró dos montículos perfectamente simétricos coronados por unos pezones oscuros que le hicieron la boca agua.

Su mano tembló al tocarlos. Los amasó con dedos ansiosos mientras la mirada de Gemma se oscurecía y su respiración se tornaba un ronco gemido. Se inclinó para quitarle las sandalias, acariciándole de camino las piernas y los tobillos enfebrecidos.

–¿Por qué las mujeres os torturáis con estas cosas? –su voz era profunda y ronca. Dejó los zapatos al lado de la cama.

–Porque sabemos que a los hombres os gusta que los llevemos.

Él continuó acariciándole los pies mientras sonreía.

–Me gusta que los lleves. Pero también me gusta quitártelos.

Su mano se deslizó pierna arriba, acariciándole la rodilla y luego los muslos. De un tirón arrancó los botones de la falda, que salieron volando. Ella alzó las caderas para que él pudiera deslizarle la prenda. Cuando la vio allí, delante de él, con nada más que unas braguitas de color azul, sintió que la sangre se agolpaba en sus cabezas. En ambas. Pero la que en aquel momento decidió doblar su tamaño fue la que tomó el control. Sin decir una palabra, comenzó a bajarle las braguitas mientras su esencia femenina le trastocaba los sentidos.

Arrojó las braguitas a un lado y volvió a deslizar la mano entre sus piernas, admirando lo que había tocado la noche anterior mientras las pupilas de ella se dilataban de placer. Él se inclinó hacia su pecho y capturando uno de sus pezones con la boca comenzó a lamerlo.

–¡Callum!

–¿Hummm?

Soltó el pezón para concentrarse en el otro, lamiendo primero la zona oscura antes de atrapar la punta entre los labios y chupando como había hecho con el otro. Le gustaba su sabor y le encantaban los sonidos que ella emitía.

Momentos después comenzó a descender por su cuerpo hasta llegar a su estómago.

–Callum.

—Estoy aquí. ¿De verdad quieres que siga?

Sus dedos viajaron hasta sus pliegues íntimos mientras seguía lamiéndole el estómago.

—Ay, sí.

—¿Hay límites? —preguntó.

—No.

—¿Estás segura?

—Segurísima.

Él le tomó la palabra y continuó el descenso.

Los ojos de Gemma se entornaron cuando él alzó sus caderas, se rodeó el cuello con sus piernas y posó la boca abierta en el centro de su feminidad.

Ella tuvo que morderse los labios para no gritar. La lengua de Callum dentro de ella la estaba volviendo loca, la estaba llevando hacia el abismo. Su cuerpo saltó en miles de fragmentos. Se agarró con fuerza a la colcha mientras sus piernas se separaban cada vez más y la lengua de Callum la penetraba más profundamente. Siguió gimiendo de placer y pensó que nunca podría dejar de gemir. Y de pronto, al igual que la noche anterior, su cuerpo estalló en un orgasmo que arrancó un grito de su garganta. Se alegró de que la casa de Callum estuviera aislada y les ofreciera privacidad.

—Gemma.

La voz profunda de Callum reverberó en su cabeza mientras su cuerpo se agitaba incontrolablemente. Había tardado veinticuatro años en compartir ese grado de intimidad con un hombre y la espera había merecido la pena.

—Abre los ojos. Quiero que me mires en el momento en que te haga mía.

Ella levantó los pesados párpados y vio que se había colocado encima de ella. Pensó que lo de hacerla suya era una forma de hablar, cosas que se dicen en el calor del momento. Lo que sentían era lujuria, no amor. Ambos lo sabían.

Entonces lo sintió. Su miembro erecto presionando el centro de su feminidad. Se miraron el uno al otro mientras él trataba de introducirse en su interior. No era tarea fácil. Él trataba de ensanchar la abertura, sin conseguirlo. El sudor cubrió su frente y ella se lo enjugó con el dorso de la mano.

Gemma hizo una mueca de dolor y se quedó quieto.

—¿Quieres que pare?

Ella negó con la cabeza.

—No, quiero que lo hagas, y me dijiste que me darías lo que yo quisiera.

—Eres una niña mimada.

Ella se rió y él aprovechó para embestirla. Cuando ella gritó él atrapó sus labios.

«Ahora me perteneces de verdad. Te amo», quiso decir Callum, pero sabía que no debía. A medida que el cuerpo de Gemma se adaptaba al suyo, comenzó a moverse dentro de ella. Cada embestida era una prueba de su amor, lo supiera ella o no. Llegaría el día en que ella estaría preparada para aceptarlo y entonces se lo contaría todo. Necesitaba besarla, unir sus bocas de la misma manera en que habían unido sus cuerpos. Fue un beso ansioso y desesperado, fruto de la pasión que invadía cada célula de su cuerpo.

De pronto sintió cómo el cuerpo de Gemma explotaba, lo cual provocó su propio estallido. Mientras entraba y salía de ella, apartó la boca y echó la cabeza hacia atrás para gritar su nombre. El nombre de Gemma, no el de cualquier otra mujer.

Llevaba tanto tiempo deseándola… Mientras el clímax continuaba desgarrándolos por dentro supo que, pasara lo que pasara, Gemma Westmoreland era la mujer de su vida y que nunca renunciaría a ella.

Capítulo Once

La luz del sol despertó a Gemma. Sintió el muscu-
loso cuerpo durmiendo junto a ella. La pierna de Callum descansaba encima de la suya y su brazo le rodeaba la cintura. Ambos estaban desnudos, no podía
ser de otra manera, y el sonido acompasado de su
respiración significaba que seguía durmiendo.

Aquel hombre era increíble. Había hecho que su
primera vez con un hombre fuera muy especial.
También le había preparado una magnífica cena,
demostrando tener tanta maña en la cocina como
en la cama.

Dio un hondo suspiro, preguntándose qué parte
de su cuerpo le dolía más, si la zona entre las piernas
o sus senos. Callum le había dedicado especial atención a ambas zonas durante la mayor parte de la noche. Pero con una ternura que la había conmovido
profundamente, había hecho una pausa para prepa-
rarle un baño caliente y relajante en su enorme ba-
ñera. Desde entonces, no le había hecho el amor. Habían cenado tarde y vuelto a la cama, donde él la
había acunado en sus cálidos y masculinos brazos y
la había acariciado con dulzura hasta que ella se dur-
mió.

Ahora estaba despierta recordando vívidamente lo
que habían hecho la noche anterior. Todo lo que ha-

bía pedido él se lo había dado. Incluso cuando él quiso parar, pues se trataba de la primera vez para Gemma, ella había querido sentir más placer y él había terminado por cumplir sus deseos. Y aunque su cuerpo estaba dolorido y magullado, había merecido la pena.

Decidió volver a dormirse y cerró los ojos. Inmediatamente le vinieron a la mente imágenes de ellos dos. Pero no eran recientes: ambos parecían mayores y había niños alrededor. ¿Qué niños eran? No los suyos, evidentemente, pues eso significaría que…

Sus ojos se abrieron de golpe. Se negaba a aceptar esos pensamientos. Reconocía que lo que habían compartido la noche anterior la había dejado abrumada y que, por un momento, había estado a punto de cuestionar su opinión sobre las relaciones entre hombres y mujeres. Pero no debía dejarse despistar. La noche anterior había sido lo que había sido, ni más ni menos. Una mujer inexperta y curiosa y un hombre experimentado con ganas de sexo. Ambos habían quedado plenamente satisfechos, ambos habían conseguido lo que querían.

–¿Estás despierta?

La voz de Callum le produjo un hormigueo en la piel.

–¿Quién quiere saberlo?

–El hombre que te hizo el amor ayer por la noche.

Ella se giró para mirarlo e inmediatamente deseó no haberlo hecho. Despierto, Callum era condenadamente sexy. Pero verlo medio dormido, con la barba crecida y los ojos entreabiertos bajo sus largas pestañas, podía provocar un orgasmo.

–Ese hombre fuiste tú, ¿no?

Él sonrió.

–Y el que piensa hacértelo todas las noches.

Ella rió entre dientes, sabiendo que se refería a todas las noches que ella estuviera en Australia. Sabía que una vez regresaran a Denver las cosas serían diferentes. Aunque allí tenía su propia casa, no se lo imaginaba presentándose en mitad de la noche para retozar con ella.

–¿Tienes energía para hacerlo todas las noches?

–¿Tú no?

Gemma pensó que aquel hombre tenía una resistencia increíble.

–Sí.

Ella alargó la mano y le acarició la barbilla.

–Necesitas un afeitado.

–¿Ah, sí?

–Sí –y, agarrando un mechón de su cabello, añadió–: Y también…

–Ni se te ocurra. Nunca me corto el pelo, sólo las puntas.

–Eso debe ser algo típicamente Austell, a juzgar por tu padre y tus hermanos. No te sorprendas si empiezo a llamarte Sansón.

–Entonces yo te llamaré Dalila, la seductora.

Ella no pudo evitar soltar una carcajada.

–No tengo ni idea de cómo seducir a un hombre.

–Pero sí cómo seducirme a mí.

–¿De veras?

–Sí, pero no te hagas ilusiones. Anoche me hiciste prometer que te llevaría a tu nueva oficina a las diez en punto.

Era cierto, se lo había hecho prometer. Él le había dicho que podía instalarse en el despacho de la casa y que él se encargaría de hacer que le instalaran un teléfono, un fax y un ordenador con conexión a Internet de alta velocidad. Cuanto antes pidiera el material que necesitaba, antes podría regresar a Denver. Por alguna razón, la idea de volver a casa le causaba cierta desazón. Era su tercer día en Australia y ya le encantaba el lugar.

–¿Quieres estar en el trabajo a las diez, entonces?

–Sí, por favor. ¿Has decidido si volverás a Denver y cuándo lo harás?

Tenía que saberlo.

–Sí, la idea es volver contigo y quedarme hasta que nazca el hijo de Ramsey y Chloe para echar una mano en el rancho. Cuando las cosas vuelvan a la normalidad para Ramsey, me iré de Denver para siempre y regresaré aquí.

Ella empezó a morderse el labio inferior. Estaban a septiembre, y Chloe salía de cuentas en noviembre, lo que significaba que Callum se marcharía unos meses después. Seguramente en primavera él ya no estaría allí.

–Huum, deja que lo haga yo.

–¿Que te deje hacer qué?

–Esto.

Se acercó hacia ella y comenzó a mordisquear con dulzura su labio inferior. Su boca se entreabrió para dejar escapar un suspiro y él la capturó con los labios. Quería saborearla. El beso se hizo más profundo y sensual y unos instantes después él colocó su dedo en los labios de Gemma para detener el deseo que él sabía que estaba a punto de formular.

–Tu cuerpo no puede con tanto, Gemma, necesita un periodo de ajuste –susurró.

Ella asintió.

–¿Después?

Sus labios esbozaron una sonrisa traviesa.

–Sí, después.

Callum no estaba prestando mucha atención a lo que le decía el gerente de uno de sus ranchos. Tal y como esperaba, el informe era positivo. Durante su estancia en Denver había estado muy pendiente de sus empresas. Había aprendido a encargarse de varias cosas diferentes al mismo tiempo. Sonrió al recordar lo bien que había ejercido esa habilidad la noche anterior. No había ni una sola parte del cuerpo de Gemma que no hubiera querido devorar. Se había comportado como un glotón, al igual que ella. Gemma tenía una pasión arrolladora que no sabía cómo canalizar y él estaba más que dispuesto a instruirla en las diferentes posibilidades. Pero también sabía que tenía que andarse con cuidado, pues no quería que ella pensara que lo que había entre ellos era atracción en lugar de amor.

Su objetivo era cortejarla a la menor oportunidad, razón por la cual acababa de llamar a la floristería.

–Como puede ver, señor Austell, todo está en orden.

Sonrió al hombre que le había estado hablando durante los últimos diez minutos sobre la cría de ovejas.

–Ya me lo imaginaba. Le agradezco todo el trabajo que usted y sus hombres han hecho durante mi ausencia, Richard.

El rostro del hombre se iluminó con una amplia sonrisa.

–Nos gusta trabajar para los Austell.

Richard Vinson y su familia habían trabajado en el rancho de ovejas de los Austell durante generaciones. Al morir, Jack Austell, el abuelo de Callum, había donado más doscientas hectáreas a la familia Vinson en reconocimiento a su lealtad, devoción y esfuerzo.

Unos minutos después, cuando iba de camino al coche, sonó el teléfono. Era una llamada de Estados Unidos, de Derringer Westmoreland para más señas.

–Dime, Derringer.

–Te llamaba para preguntarte si te has pensado lo de ser socio capitalista de nuestro negocio de cría de caballos.

Durango Westmoreland, de los Westmoreland de Atlanta, se había asociado con un amigo de la infancia y un primo político llamado McKinnon Quinn para adquirir un negocio de cría y doma de caballos en Montana que estaba teniendo mucho éxito. Habían invitado a sus primos Zane, Derringer y Jason a formar parte de la operación como socios en Colorado. Callum, Ramsey y Dillon habían mostrado interés en participar como socios capitalistas.

–Sí, por lo que he oído, va muy bien, así que cuenta conmigo.

–Estupendo.

–¿Qué tal te estás portando?

Derringer rió.

–¿Qué quieres que te diga? Hablando de comportarse, ¿qué tal está mi hermana? ¿Todavía no te ha vuelto loco?

Callum sonrió. Gemma le había vuelto loco, pero de una manera que prefería no discutir con su hermano.

119

–Gemma está haciendo un trabajo fantástico con la decoración de mi casa.

–Me alegro, pero ten cuidado con los gastos; he oído que sus precios a veces son astronómicos.

–Gracias por el consejo.

Hablo con Derringer un rato más y finalmente colgó. Una vez se casara con Gemma, Ramsey, Zane, Derringer, los gemelos, Megan y Bailey se convertirían en sus cuñados, y los otros Westmoreland, incluido Dillon, en sus primos políticos. Por no hablar de los Westmoreland de Atlanta, que Ramsey y sus hermanos empezaban a conocer.

El padre de Callum había sido hijo único, al igual que su abuelo. Todd Austell se hubiera contentado con tener un solo hijo, pero Le'Claire no lo permitió. Su padre se dio cuenta de que casarse con una belleza americana implicaba tener al menos tres hijos. Callum rió entre dientes al recordar que, según su padre, él había venido por sorpresa. Todd pensaba que ya había cumplido, pero Le'Claire opinaba de otra manera, y Todd decidió darle a su esposa lo que quería. Callum estaba utilizando la misma estrategia con Gemma: darle todo lo que quisiera.

Una vez se abrochó el cinturón, consultó su reloj. Eran pasadas las tres y había quedado en recoger a Gemma a las cinco. Había querido llevarla a almorzar a algún sitio, pero ella había declinado la oferta, pues tenía que realizar muchos pedidos si quería tener la casa preparada para noviembre.

A él le daba lo mismo mudarse a esa mansión, vivir en su casa de la playa o volver a Denver con tal de que Gemma estuviera con él, pensó mientras arrancaba el coche.

–¿Va a necesitar algo más, señora Westmoreland?

Gemma miró a la mujer de mediana edad que Callum le había presentado aquella mañana, Kathleen Morgan.

–No, Kathleen, eso es todo. Gracias por todo lo que ha hecho hoy.

La mujer hizo un gesto con la mano, como para quitarle importancia.

–Me he limitado a hacer pedidos por teléfono. Me imagino cómo va a quedar esta casa cuando termine de decorarla. Creo que la decisión del señor Austell de combinar los estilos europeo y vaquero ha sido muy acertada. Algún día esta casa será un hogar maravilloso para el señor Austell y su futura esposa. Me voy, adiós.

–Adiós.

Gemma trató de no darle vueltas a las palabras de la secretaria, pero no pudo. La idea de Callum compartiendo esa casa con una mujer, con su mujer, la irritaba.

Dejó el lápiz encima de la mesa y miró las flores que habían llegado poco después de que él la dejara en la oficina. Una docena de rosas rojas. ¿Por qué las habría enviado? La tarjeta que las acompañaba sólo tenía su firma. Eran preciosas y su fragancia flotaba por su oficina.

Su oficina.

Eso era otro misterio. Había imaginado que se instalaría en una habitación vacía de la planta baja y que contaría con una mesa y lo imprescindible para hacer los pedidos.

Pero cuando entró por la puerta seguida por Callum vio que la habitación vacía se había transformado en un despacho con todo el equipamiento imaginable, secretaria incluida.

Echó la silla hacia atrás y cruzó la habitación hasta llegar al jarrón de flores que había colocado encima de una mesa frente a la ventana para poder apreciar su belleza cuando hacía una pausa en el trabajo. Desgraciadamente, al verlas no podía evitar pensar en el hombre que se las había enviado.

Hizo un gesto de frustración con la cabeza. Tenía que dejar de pensar en Callum y empezar a concentrarse en el trabajo para el que la había contratado.

Pero no podía evitar rememorar la noche anterior y esa mañana. Fiel a su palabra no había vuelto a hacerle el amor, pero la había besado y abrazado y le había procurado placer de otra manera.

Se giró al oír el timbre de su móvil y cruzó rápidamente la habitación para contestar a la llamada. Era su hermana Megan.

—Megan, ¿cómo estás?

Echaba de menos a sus hermanas.

—Bien. Bailey está aquí y te manda besos. Te echamos de menos.

—Yo también a vosotras –dijo con sinceridad–. ¿Qué hora es allí?

Puso el teléfono en modo manos libres para ordenar las carpetas que había encima de la mesa.

—Son casi las diez de la noche del lunes. Allí ya estáis a martes, ¿verdad?

—Sí, martes por la tarde. Son casi las cuatro. Hoy ha sido mi primer día de trabajo. Callum me ha montado una oficina dentro de la casa. Hasta tengo secretaria. Por cierto, hablando de secretarias, ¿ha llamado el departamento de seguridad del banco?

–Sí, llamaron ayer. Parece ser que ha ingresado el cheque en una cuenta de Florida. Están en conversaciones con ese banco para tratar de detener el pago. Menos mal que interviniste enseguida. La mayoría de las empresas víctimas de malversación de fondos no descubren el robo hasta meses después, cuando ya es demasiado tarde para recuperar el dinero. Niecee se traicionó a sí misma al dejarte esa nota de disculpa el día después. Si hubiera sido lista te habría llamado para decir que estaba enferma, y habría esperado a que el banco conformara el cheque antes de confesar el delito. Parece que la van a detener.

Gemma dejó escapar un hondo suspiro. En parte se sentía mal, pero lo que había hecho Niecee no estaba bien. Seguramente había pensado que Gemma tenía dinero a espuertas por ser una Westmoreland. Y estaba equivocada. Dillon y Ramsey habían tenido que esforzarse mucho para sacarlos adelante. Era cierto que cada uno había recibido cuarenta hectáreas y un apreciable fideicomiso al cumplir los veintiún años, pero cómo emplearan ese dinero era responsabilidad de cada uno. De momento, todos habían hecho buen uso de él. Afortunadamente Bane le había cedido la gestión de sus asuntos a Dillon, pues de otra manera, estaría sin dinero.

–Lo lamento, pero no puedo perdonarla por lo que hizo. Veinte mil dólares es mucho dinero.

Gemma oyó un ruido y se giró. Cuando vio a Callum de pie en el umbral, se quedó sin aliento. Por la expresión de su rostro, había escuchado toda la conversación. ¡Cómo se atrevía! Se preguntó si se lo contaría a Ramsey.

–Megan, te llamo luego –dijo al tiempo que desactivaba el manos libres–. Saluda a todo el mundo de mi parte.

Finalizó la llamada y dejó el móvil sobre la mesa.

–Has llegado antes de lo previsto.

–Sí, es verdad –dijo cruzando los brazos sobre el pecho–. ¿Qué es eso de que tu secretaria te ha robado dinero?

Gemma echó la cabeza hacia atrás haciendo que el pelo cayera sobre sus hombros.

–Estabas escuchando a escondidas.

–Activaste el manos libres y dio la casualidad de que llegué en mitad de la conversación.

–Podrías haberme avisado de tu llegada.

–Sí, podría haberlo hecho. Ahora contesta a mi pregunta.

–No, no es asunto tuyo –contestó bruscamente.

Él avanzó hacia ella.

–Ahí te equivocas. Sí es asunto mío, tanto a nivel profesional como personal.

–¿Y eso por qué?

–Lo primero, a nivel profesional, espero que las empresas con las que hago negocios sean solventes. En otras palabras, Gemma, pensaba que tenías fondos suficientes en tu cuenta para cubrir los gastos iniciales de este proyecto.

Ella colocó las manos en las caderas.

–No tuve que preocuparme por eso gracias al cuantioso anticipo que me diste.

–¿Y si no lo hubiera hecho? ¿Podrías haber aceptado este trabajo?

Gemma no supo qué responder.

—No, pero...

—No hay peros que valgan, Gemma.

Se quedó callado durante unos instantes, tratando de reprimir una sonrisa. Eso no sirvió más que para ponerla más furiosa. ¿Qué era lo que encontraba tan divertido? Antes de que pudiera pronunciar palabra, él continuó.

—También es una cuestión personal, Gemma. No me gusta la idea de que alguien se aproveche de ti. ¿Lo sabe Ramsey?

Eso fue la gota que colmó el vaso.

—Yo soy la propietaria de Designs by Gem, no Ramsey. Es mi empresa y cualquier problema que pueda surgir es mío y sólo mío. Sé que cometí una equivocación contratando a Niecee. Ahora me doy cuenta. Debería haber hecho caso a Ramsey y Dillon, que me aconsejaron que comprobara sus referencias. No lo hice y me arrepiento. Pero por lo menos estoy...

—...haciéndote cargo de tu propia empresa. Tienes razón, es asunto tuyo, no de Ramsey.

Ella se detuvo unos instantes tratando de determinar el alcance de sus palabras. Por un lado la estaba regañando y por otro, alabando.

—Entonces... ¿no se lo contarás a Ramsey?

—No, no me corresponde hacerlo, a menos que tu vida esté en peligro, y no es el caso.

La miró y sonrió.

—Como ya he dicho, a juzgar por la conversación que acabas de mantener con Megan, has manejado este asunto con mucha rapidez. Te devolverán el dinero, sin duda. Te felicito.

Gemma esbozó una tímida sonrisa. Se sentía orgullosa de sí misma.

–Gracias –sus ojos se entornaron–. Por cierto, ¿qué te estaba haciendo tanta gracia?

–Lo rápido que te enfadas por cosas sin importancia. Había oído hablar de tu temperamento, pero nunca había estado expuesto a él.

–¿Te ha molestado?

–No.

Gemma frunció el ceño; no sabía cómo tomárselo. Por un lado le gustaba que Callum no saliera corriendo ante una de sus ocasionales explosiones. Más de una vez Zane, Derringer y los gemelos la habían visto apuntándoles con un plato y habían aprendido a ponerse sobre cubierto cuando le daban motivos para enfadarse.

–Pero me gustaría que me prometieras algo –dijo él interrumpiendo sus pensamientos.

Ella alzó una ceja, curiosa.

–¿Qué?

–Prométeme que si vuelves a encontrarte en una situación parecida, ya sea económica o de otro orden, me lo dirás.

Ella puso los ojos en blanco.

–No necesito otro hermano mayor, Callum.

Los dientes de él resplandecieron en contraste con su piel morena.

–Después de lo de anoche, no puede decirse que nuestra relación sea precisamente fraternal. Pero por si acaso necesitas que te lo recuerde…

Y, tomándola en sus brazos, inclinó la cabeza y la besó.

Capítulo Doce

Al entrar en la casa de la playa, Gemma se sonrojó imaginándose lo que vendría a continuación. La cena había sido fantástica, pero le gustaba estar a solas con él.

—¿Estás cansada, Gemma?

¿Era una broma?

—¿Qué te hace pensar que lo estoy?

—Has estado muy callada durante la cena.

—Pero si no he parado de hablar…

—Yo tampoco, la verdad.

Ella sacudió la cabeza.

—No, simplemente me estabas contando qué tal te había ido el día, y yo he hecho lo mismo.

Se preguntó si, ahora que estaban solos, tendría que decirle lo que quería o si él ya lo había adivinado.

—¿Te ha ido bien con Kathleen?

—Sí —respondió ella quitándose los zapatos—. Es muy agradable y eficiente. Ha encontrado todo el material que necesito y el precio del transporte no está mal. No esperaba que me montaras una oficina de esas características. Y gracias de nuevo por las rosas; son preciosas.

—Ya me habías dado las gracias. Me alegro de que te gusten. Pensaba llevarte al cine este fin de semana pero ¿qué te parece si esta noche vemos un DVD?

Ella contempló su figura mientras entraba en el salón. ¿De verdad era eso lo que le apetecía hacer?

–Me parece buena idea.

–¿Tienes alguna preferencia?

–Si la tuviera, ¿cómo puedes estar seguro de tener el DVD en casa?

–Siempre puedo pedirla por cable. Como ya te he dicho, puedo hacer realidad todos tus deseos.

En ese caso… Se puso de pie y, descalza, se acercó hacia donde estaba él sentado.

–Hazme el amor, Callum.

Callum no vaciló en sentarla sobre su regazo. Había estado pensando en hacerle el amor durante todo el día. El beso que se habían dado en la oficina había despertado su apetito, que estaba a punto de ser satisfecho. Pero primero tenía que decirle algo.

–Ha llamado mi madre. Va a salir el viernes a comer y a hacer compras con mi hermana y mis cuñadas y le gustaría que las acompañaras.

Gemma se sorprendió.

–¿De verdad? No soy más que tu decoradora, ¿por qué quieren pasar tiempo conmigo?

–¿Y por qué no? –preguntó él riendo–. Es la primera vez que estás en Australia y me imagino que pensaron que te gustaría ir de compras como a cualquier otra mujer.

–Igual que a todos los hombres les gusta ver deporte. Me imagino que el deporte es tan popular aquí como en Estados Unidos.

–Sí, yo antes jugaba mucho al fútbol con reglas australianas. No sé si mi cuerpo lo aguantaría ahora. También jugaba al cricket. Algún día te enseñaré cómo se juega.

–Pues tendrás que hacerlo mientras esté aquí, porque una vez que regrese a casa, volveré al tenis.

Callum sabía que Gemma jugaba al tenis y que se le daba bien. Pero le llamó la atención que hablara de volver a casa. No tenía intención de que eso ocurriera, por lo menos no permanentemente.

–¿Cómo puedes pensar en regresar a Denver cuando te queda tanto por hacer aquí?

Ella rió.

–No me regañes, que éste ha sido mi primer día completo de trabajo. Además, cuento con Kathleen, que ha hecho todos los pedidos. Y yo he contratado a la empresa que se encargará de colgar las cortinas y los cuadros. Todo marcha sobre ruedas. No tardaré mucho en tenerlo todo listo y marcharme de aquí.

Él se quedó en silencio unos instantes. No le estaba sonando nada bien.

–Nos estamos desviando del tema.

–¿Ah, sí?

–Sí. Querías que hiciéramos el amor.

Ella inclinó la cabeza.

–¿De veras?

–Sí.

Gemma sacudió la cabeza tratando de reprimir una sonrisa.

–Lo siento, pero se te ha acabado el tiempo.

Él se puso en pie con ella en los brazos.

–No me lo creo.

Callum la llevó hasta el sofá.

–Aquí tendremos más espacio. Dime otra vez qué es lo que quieres.

–No me acuerdo –repuso ella, divertida.

–Parece que necesitas otro recordatorio –dijo él poniéndose de nuevo en pie.

Ella le rodeó el cuello con los brazos.

–¿Y ahora adónde me llevas?

–A la cocina. Te voy a comer de postre.

–¿Cómo? Estás de broma, ¿no?

–No. Ya verás.

Y así lo hizo. Desde la encimera de la cocina, donde él la había depositado, Gemma vio cómo se inclinaba para hurgar en la nevera. Desde ese ángulo podía admirar una vista admirable de su trasero.

–No te muevas. Tendré todo lo que necesito en un segundo –le pidió él.

–No te preocupes, no me iré a ningún sitio. Estoy disfrutando de la vista.

–Es preciosa a esta hora de la noche, ¿verdad?

Ella sonrió mientras contemplaba el tejido de sus pantalones estirándose alrededor de las nalgas. Él creía que estaba hablando de la vista del océano.

–Creo que esta vista en concreto es igual de bonita de día que de noche.

–Tienes razón.

–Claro que la tengo –repuso Gemma tratando de que no se le escapara la risa.

Unos instantes después Callum se giró y cerró la puerta de la nevera con las manos llenas de botes. Miró a Gemma, que sonreía, y alzó una ceja.

–¿De qué te ríes?

–Nada. ¿Qué tienes ahí?

–Mira –dijo colocando todas las cosas en la encimera junto a ella.

Ella tomó uno de los botes.

–Cerezas.

Los ojos de él resplandecieron de placer.

–Mi fruta favorita.

–¿Nata montada?

–Para la capa de adorno.

Gemma meneó la cabeza mientras volvía a colocar la nata en la encimera y elegía otro producto.

–¿Frutos secos?

–Combinan muy bien con las cerezas –rió.

–¿Y el sirope de chocolate?

–Un ingrediente que no puede faltar –contestó enrollándose las mangas de la camisa.

–¿Y qué vas a hacer con todo eso?

Él sonrió.

–Ahora lo verás. Te dije que te iba a comer de postre.

Ella parpadeó al adivinar sus pensamientos. Lo había dicho en serio.

–Es mi fantasía –explicó poniéndole las manos en las rodillas y separándole las piernas. Comenzó a desabotonarle la camisa y, tras quitársela, la colocó cuidadosamente en el respaldo de una silla.

Le desabrochó el sujetador de color melocotón que le había visto ponerse por la mañana.

–Bonito color.

–Me alegro de que te guste.

Momentos después Gemma no se podía creer que estuviera sentada en la encimera de la cocina de Callum con unas braguitas por toda vestimenta. Entonces él la tomó en sus brazos.

–¿Y ahora adónde vamos?

–Al patio.

–¿Porque allí tendremos más espacio?

–Exacto. Y además, hace una noche estupenda.

131

Atravesó las puertas de estilo francés y la depositó en una *chaise longue*.

–Ahora mismo vuelvo.

La excitación por lo que estaba a punto de suceder hizo que el corazón empezara a palpitarle con fuerza. Nunca se había considerado una mujer sexual, pero Callum le había enseñado lo apasionada que podía llegar a ser. Al menos, con él. Sospechaba lo que él tenía en mente y cada célula de su cuerpo ardió de deseo. Pensar que las parejas hacían ese tipo de cosas en la intimidad, que se divertían juntos echándole imaginación al sexo le hizo preguntarse qué se había estado perdiendo todos esos años. Pero sabía que no se había perdido nada porque los hombres con los que había salido en el pasado no eran Callum. Éste, además de ser increíblemente atractivo, tenía mano con las mujeres. O, al menos, con ella. Había hecho que su primera vez fuera memorable, no sólo por el placer que le había proporcionado sino por cómo la había tratado después.

Le había enviado flores. Y durante la cena habían mantenido una agradable conversación sobre cómo le había ido el día y sobre su país. El fin de semana la llevaría a navegar en el yate de su padre, algo que a Gemma le apetecía mucho.

Callum regresó y colocó todos los botes en una mesita baja junto a ella. El patio estaba apenas iluminado por el foco de la cocina y la luz de la luna. Aquella mañana habían desayunado allí y sabía que no había ningún edificio alrededor, sólo el océano.

Callum acercó un taburete.

–¿Cuándo serás tú mi postre? –preguntó tratando de sonar serena, lo que le resultó difícil dada su agitación.

–Cuando quieras. No tienes más que pedírmelo, y te daré lo que tú quieras.

Él le había dicho eso tantas veces que Gemma empezaba a creérselo.

–El sonido del mar es tan relajante… Espero no quedarme dormida.

–Si lo haces, te despertaré.

Ella le había dicho la noche anterior que no había límites. Seguía sin haberlos. Había tardado veinticuatro años en llegar a ese punto, y pensaba disfrutarlo al máximo. Callum le estaba proporcionando una experiencia maravillosa y ella le agradecía que fuera tan fascinante y creativo.

Empezó por quitarle las braguitas.

–Muy bonitas –opinó mientras deslizaba el sedoso tejido por sus piernas.

–Me alegro de que te gusten.

–Me gustan más quitadas –repuso haciendo con ellas una bola y metiéndosela en el bolsillo de los vaqueros–. Ahora, el postre.

–Disfrútalo.

–Eso haré, querida.

Ese término cariñoso la hizo estremecer. Observó cómo Callum se quitaba la camisa y la dejaba a un lado antes de inclinarse hacia ella. Se sintió tentada de estirar el brazo y acariciarle el pecho desnudo con la punta de los dedos, pero decidió no hacerlo. Aquélla era su fantasía y él había hecho realidad la suya la noche anterior.

–Primero algo dulce, como tú.

Gemma dio un respingo al sentir que embadurnaba su pecho con una sustancia densa y cálida trazando con sus dedos formas eróticas y sensuales. Sus músculos se tensaron al sentir las manos a la altura del estómago, donde él siguió masajeándola como si estuviera escribiendo algo sobre su piel.

–¿Qué escribes?

–Mi nombre –contestó con voz ronca.

A la luz de la luna contempló sus rasgos en tensión, su oscura mirada, la sensual línea de su boca. Le estaba escribiendo su nombre en el estómago, como si al marcarla, la hiciera de su propiedad. Apartó el pensamiento de su mente, suponiendo que para Callum aquello no tenía un significado especial.

–¿Qué sientes? –preguntó mientras seguía extendiendo el sirope de chocolate por todo su cuerpo.

–El chocolate es pegajoso, pero me gustan tus caricias –respondió ella con sinceridad.

Siguió deslizando las manos por sus muslos en silencio.

–¿Y ésta es tu fantasía? –preguntó ella.

Sus labios se curvaron en una lenta sonrisa.

–Sí, ahora verás por qué.

Cuando Callum quedó satisfecho con la cantidad de sirope de chocolate que había extendido por su cuerpo, tomó el bote de nata montada y le echó unos chorritos en los pezones, trazó un círculo alrededor de su ombligo y cubrió por completo el monte de Venus.

–Ahora, las cerezas y los frutos secos.

A continuación, esparció cerezas y frutos secos por encima de la nata montada, concentrándose en el centro de su feminidad.

–Estás preciosa –dijo dando un paso atrás para admirarla.

–Si tú lo dices, me lo creo –repuso ella, sintiéndose como una copa de helado–. Espero que no haya hormigas por aquí.

Él rió.

–No las hay. Ahora te lo voy a quitar.

Aunque sabía lo que pensaba hacer, no estaba preparada para las sensaciones que la embargaron cuando él empezó a lamerle lentamente todo el cuerpo. De vez en cuando la besaba en la boca, para que ella pudiera saborear la mezcla. En cierto momento capturó una cereza con los dientes y se la llevó a la boca para saborearla juntos.

–Callum…

Le encantaba oír cómo pronunciaba su nombre. Deslizó los labios por su pecho, sintiendo la morbidez de sus senos bajo la boca. Sus pezones se le antojaron deliciosas piedrecitas que se enredaban en su lengua. Cada vez que se llevaba uno a la boca ella se estremecía. Repartió besos por su estómago y cuando llegó a la zona de la entrepierna la miró y susurró:

–Ahora voy a devorarte.

–Oh, Callum…

Se puso de rodillas frente a ella y la saboreó íntimamente. Ella gritó su nombre en el momento en que sintió su lengua y le sujetó la cabeza para mantenerla en su sitio, algo del todo innecesario pues él no pensaba moverse de allí hasta quedar satisfecho. Cada vez que su lengua le lamía el clítoris su cuerpo vibraba bajo su boca.

Gemma empezó a mascullar palabras sin sentido y Callum supo que se sentía torturada de placer, como él. Era la única mujer que deseaba, la única que amaba.

Momentos después ella se agitó bruscamente al sentir una explosión gigantesca en su interior. Él mantuvo la lengua dentro, decidido a darle todo el placer que deseaba, todo el placer que se merecía.

Cuando los espasmos del orgasmo se calmaron él empezó a quitarse los vaqueros. Se tumbó encima de ella, le abrió las piernas y la penetró en una suave embestida.

Sintió que había vuelto a casa. Empezó a moverse, acariciándole con su masculinidad zonas internas a las que no llegaba con la lengua. Le hizo el amor al tiempo que aspiraba su delicioso aroma, pues todavía llevaba en la boca su sabor.

Lo que estaban compartiendo era tan grande que sintió que su propio cuerpo estaba a punto de explotar. Se vació en ella al tiempo que gritaba su nombre. Aquello no era lujuria, era amor en sus dos vertientes, la física y la emocional. Esperaba que ella se diera cuenta. Cada día que ella estuviera allí, le mostraría las dos caras del amor. Compartiría su cuerpo, pero también su alma. Y no dejaría de hacerlo hasta que ella fuera suya.

–¿Qué te parecen, Gemma? –preguntó Mira Austell mostrándole a Gemma los pendientes de diamantes que resplandecían en sus orejas.

–Son preciosos –respondió Gemma con sinceridad.

Las mujeres Austell habían pasado a recogerla a eso de las diez. Eran casi las cuatro de la tarde y seguían de compras. Gemma prefería no contar las tiendas en las que habían entrado ni el número de bolsas que llevaban entre las cinco.

Gemma no había podido resistirse a un par de sandalias y un vestido de fiesta, pues Callum, al enterarse de que le gustaba bailar, le había prometido llevarla a una discoteca de la playa.

Ahora se encontraban en una elegante joyería, su última parada antes de dar por finalizada la jornada.

Era Le'Claire la que lo había sugerido pues estaba buscando unos pendientes de perlas.

–Gemma, Mira, venid a ver estos anillos. Son preciosos –dijo Le'Shaunda. En cuestión de segundos, todas se arracimaron en torno a la vitrina.

–Me encanta aquél –dijo Anette señalando un solitario.

–Humm, y ése de ahí –opinó Le'Claire, sonriendo–. Dentro de poco es mi cumpleaños, así que empezaré a soltar indirectas.

Gemma pensaba que la madre de Callum era preciosa y entendía que su padre se hubiera enamorado de ella tan rápido. Con razón Todd le daba todo lo que quería. Callum también le daba a ella todo lo que deseaba. De tal palo, tal astilla. Todd tenía a sus hijos bien enseñados.

–Gemma, ¿cuál de éstos te gusta más? –preguntó Le'Claire.

Gemma miró detenidamente los contenidos de la vitrina. Todos los anillos eran preciosos y, sin duda, caros. Pero si tuviera que elegir uno…

–Aquél –dijo señalando una espléndida sortija de oro blanco de cuatro quilates coronada por una esmeralda–. Es simplemente maravilloso.

Las otras se mostraron de acuerdo y eligieron sus favoritos. El dependiente les dejó probárselos para que vieran cómo lucían en sus manos. A Gemma le hizo gracia que planearan mencionarles a sus maridos lo que habían visto a medida que se fueran acercando sus cumpleaños.

–Ya es casi hora de cenar. Podríamos ir a algún sitio –propuso Le'Shaunda–. Conozco un restaurante muy bueno por aquí.

–Qué idea tan estupenda –opinó Le'Claire, radiante.

A Gemma también le pareció buena idea, pero echaba de menos a Callum. Todos los días almorzaba con ella en su oficina; le llevaba sándwiches y vino. Por la noches salían a cenar a algún restaurante del centro. Aquella noche planeaban ver una película y hacer el amor. O quizá era mejor al revés, así podían volver a hacer el amor después de la película.

–¿Te ha hablado Callum de la cacería que tendrá lugar dentro de dos semanas? –le preguntó Anette.

Gemma le sonrió.

–Sí, me lo ha contado. Tengo entendido que se van todos los hombres durante seis días.

–Sí –dijo Mira, que parecía deseosa de que Colin se marchara. Y, dirigiéndose a Gemma, explicó–: Echaré de menos a mi marido, por supuesto, pero ésta es una oportunidad magnífica para que las chicas volvamos a salir de compras.

Todas estallaron en carcajadas, y Gemma no pudo evitar unirse al jolgorio.

Capítulo Trece

–Dígame –masculló Gemma al auricular del teléfono.

–Despierta, dormilona.

Gemma esbozó una sonrisa y se esforzó por abrir los ojos.

–Callum –susurró.

–¿Quién si no?

Llevaba dos días en la cacería con su padre y sus hermanos y seguiría fuera otros cuatro.

–Me acuerdo mucho de ti.

–Y yo también de ti, mi amor. Te echo de menos –dijo él.

–Yo también te echo de menos –dijo ella dándose cuenta en ese momento de lo mucho que lo extrañaba.

–Me alegro de oírlo. He oído que ayer tuviste un día ajetreado.

Gemma se incorporó en la cama.

–Sí, pero Kathleen y yo conseguimos que lo entregaran todo tal y como lo habíamos planeado.

–No olvides que prometiste tomarte unos días de descanso para viajar a la India a mi regreso.

–Sí, me hace mucha ilusión. Espero que no sea un vuelo turbulento.

–Nunca se sabe. Pero yo estaré contigo y te protegeré.

Su sonrisa se ensanchó.

–Siempre lo haces.

Unos momentos después terminaron la llamada. Ella mulló la almohada y se desperezó. Le costaba creer que llevara ya cuatro semanas en Australia. Cuatro gloriosas semanas. Echaba de menos a su familia y amigos, pero Callum y su familia eran maravillosos y la trataban como si fuera uno de ellos.

Al día siguiente planeaba salir de compras con su madre, hermana y cuñadas. Luego se quedarían todas a dormir en casa de Le'Claire. Le encantaban las mujeres Austell y escuchaba divertida cómo manejaban a sus maridos. Pero para Gemma no había nada como estar con Callum. Podían hablar de cualquier cosa. Todas las semanas le enviaba flores, y dejaba notas con el mensaje *Estoy pensando en ti* repartidas por toda la casa para que ella las encontrara. Se quedó mirando el techo pensando que Callum era un hombre único. La mujer que se casara con él iba a ser muy afortunada.

Al pensar que otra mujer podría disfrutar de lo que ellos habían compartido durante el último mes sintió una punzada en el corazón. Que otra mujer pudiera vivir en la casa que ella estaba decorando la ponía enferma. Se sentó en el borde de la cama, consciente de por qué se sentía así: se había enamorado de él.

–¡Oh, no!

Se echó de espaldas en la cama y se cubrió el rostro con las manos. ¿Cómo había permitido que ocurriera? Aunque Callum no lo hiciera a propósito, acabaría rompiéndole al corazón. ¿Cómo podía haberse enamorado de él?

No necesitó recapacitar mucho para encontrar la

respuesta. Callum era un hombre que se hacía querer. Pero ella no era la mujer destinada para él. Callum le había dicho que esperaba a su alma gemela.

Se levantó de la cama y se dirigió al cuarto de baño. Sabía lo que tenía que hacer. No pensaba dejar sin terminar el trabajo para el que la habían contratado, pero necesitaba estar en casa al menos una semana hasta recuperar la cordura. Kathleen podía ocuparse de todo hasta su regreso. Y cuando volviera estaría en condiciones de abordar el asunto de una manera apropiada. Seguiría amándolo, pero por lo menos estaría hecha a la idea de que jamás podría ser la mujer de su vida. No lo quedaba más remedio que aceptarlo.

Unas horas más tarde estaba duchada y vestida y había metido varias de sus cosas en una maleta. Llamó a Kathleen y le explicó lo que tenía que hacer durante su ausencia además de asegurar a la mujer que volvería al cabo de una semana aproximadamente.

Gemma decidió no llamar a Callum para decirle que se iba. Se preguntaría el porqué de su súbito viaje. Ya pensaría en una excusa cuando llegara a Denver. Se enjugó las lágrimas. Había permitido que le ocurriera lo que siempre se había jurado evitar. Se había enamorado de un hombre que no la amaba.

Callum salió al porche de la cabaña y miró a su alrededor. No había nada más hermoso que el desierto australiano. Recordó su primer día en la cabaña, cuando era niño, en compañía de su padre y hermanos. Sus pensamientos se desviaron hacia Gemma. Estaba convencido de que era su alma gemela. El último mes había sido idílico, despertando con ella en brazos cada mañana y haciéndole el amor cada noche. Esperaba con paciencia a que ella se diera cuenta de que también lo amaba.

Entonces hablarían de ello y él le confesaría que la quería, que había sabido durante mucho tiempo que era la mujer para él, pero que había preferido esperar a que ella se diera cuenta por sí misma.

Callum bebió un sorbo de su café. Tenía la sensación de que había empezado a darse cuenta. La semana anterior la había sorprendido más de una vez mirándolo con una expresión extraña, como si estuviera tratando de resolver un misterio. Y por las noches, cuando se entregaba a él, sentía que él era el único hombre en su vida.

–Callum. Es mamá al teléfono; quiere hablar contigo.

La voz de Morris interrumpió sus pensamientos. Entró en la cabaña y tomó el auricular.

–¿Mamá?

–Callum, se trata de Gemma.

El corazón casi dejó de latirle. Sabía que las chicas tenían pensado ir de compras a la mañana siguiente.

–¿Qué pasa con Gemma? ¿Ha ocurrido algo?

–No estoy segura. Me llamó y me pidió que la llevara al aeropuerto.

–¿Al aeropuerto?

–Sí. Dijo que tenía que volver a casa un tiempo. Creo que había estado llorando.

Callum se frotó la frente. Aquello no tenía ningún sentido. Había hablado con ella aquella mañana y todo estaba bien. Tenía dos cuñadas embarazadas, y esperó que no hubiera ocurrido nada malo.

–¿Dijo por qué se iba? ¿Ha ocurrido algo en su familia?

–No, le pregunté y me dijo que no tenía nada que ver con su familia.

Callum dio un hondo suspiro. No comprendía nada.

–¿Le has dicho ya que estás enamorado de ella, Callum?

–No. No quería precipitar las cosas, prefería que antes fuéramos amigos, que viera por mis acciones de que la amaba y que se diera cuenta de que ella también me quería a mí.

–Ahora lo entiendo todo –replicó Le'Claire en voz baja.

–¿Ah, sí? Pues explícamelo, porque estoy confuso.

–No me sorprende; al fin y al cabo, eres un hombre. Creo que la razón por la que Gemma se ha marchado es que se ha dado cuenta de que está enamorada de ti. Está huyendo.

Callum se quedó aún más confundido.

–¿Por qué haría algo así?

–Porque te ama y piensa que tú no le correspondes…

–Pero yo sí la quiero.

–Ella no lo sabe. Y si le dijiste que estabas esperando a tu alma gemela, probablemente piensa que no es ella.

En el momento en que comprendió las palabras de su madre, Callum sacudió la cabeza en un gesto de frustración y soltó un gruñido.

–Creo que tienes razón, mamá.

–Yo también. ¿Qué vas a hacer?

En sus labios se dibujó una sonrisa.

–Ir tras ella.

Capítulo Catorce

Ramsey Westmoreland había pasado la mayor parte del día en el pastizal sur y cuando llegó a casa Chloe le informó del regreso de Gemma. Había llamado a Megan para que fuera a buscarla al aeropuerto. Y según lo que Megan le había contado, Gemma tenía cara de haber estado llorando durante las dieciocho horas que duraba el vuelo.

Estaba a punto de telefonear a Callum para averiguar qué demonios había pasado cuando recibió una llamada de Colin en la que decía que Callum viajaba de camino a Denver. Drama era lo último que necesitaba Ramsey en su vida. Ya había tenido suficiente durante su noviazgo con Chloe.

Y sin embargo ahí estaba, saliendo del camión para comprobar que Gemma estaba bien. Callum estaba de camino y Ramsey dejaría el asunto en manos de éste pues su hermana podía ser muy melodramática. Además, el hecho de que Gemma estuviera en casa de Callum y no en la suya propia hablaba por sí solo.

Golpeó la puerta con los nudillos y ésta se abrió bruscamente. Durante unos instantes se quedó atónito. Gemma tenía un aspecto terrible, aunque se cuidó de hacer comentarios al respecto. Se quitó el sombrero, entró en la casa y habló con voz serena.

–Veo que has vuelto de Australia antes de lo previsto.

–He venido a pasar una o dos semanas; luego volveré –explicó en tono forzado que él pretendió no advertir.

–¿Dónde está Callum? Me sorprende que te dejara volver sola, sabiendo el miedo que te da volar. ¿Hubo muchas turbulencias?

–No sé, no me fijé.

«Probablemente porque te pasaste todo el vuelo llorando sin parar».

Ramsey no la veía así desde el funeral de sus padres. Se apoyó en una mesa del salón y miró de un lado a otro.

–¿Por qué estás aquí y no en tu casa, Gemma?

Supo que había metido la pata cuando vio que su boca se ponía a temblar y ella se echaba a llorar.

–Lo amo, pero él no me corresponde. No soy su alma gemela. No pasa nada, puedo aceptarlo. Pero no quería llorar por un hombre como hacían esas chicas cuando Zane y Derringer rompían con ellas. Juré que eso nunca me ocurriría a mí. Juré que nunca me enamoraría de un hombre que no me correspondiera como hicieron ellas.

Ramsey se la quedó mirando fijamente. ¿De verdad pensaba que Callum no la quería? Abrió la boca para decirle que estaba muy equivocada, pero volvió a cerrarla. No le correspondía a él decir nada. Dejaría que Callum se ocupara de ello.

–Perdona, Ram, pero necesito estar sola un minuto.

Ramsey vio cómo su hermana se dirigía al dormitorio y cerraba la puerta tras ella. Unos segundos después, cuando estaba a punto de irse, apareció un vehículo junto a él. Suspiró de alivio al ver que Callum salía precipitadamente del coche.

–Ramsey, he ido a casa de Gemma directamente desde el aeropuerto, pero no está allí. ¿Dónde demonios está?

Ramsey se apoyó en el camión. Callum tenía aspecto de no haber dormido en mucho tiempo.

–Está ahí dentro, y yo me largo ahora mismo. Te dejo que te ocupes tú.

Callum se detuvo antes de entrar en la casa. Ramsey se había subido al camión y marchado con muchas prisas. ¿Habría ido Gemma a destrozarle la casa? Respirando hondo, se quitó el sombrero y abrió la puerta lentamente.

Echó un vistazo al salón. Todo estaba en orden, pero Gemma no parecía estar allí. De pronto oyó un sonido proveniente del dormitorio. Aguzó los oídos; era Gemma y estaba llorando. El sonido le rompió el corazón.

Cruzó rápidamente la habitación y abrió la puerta de su dormitorio. Allí estaba, tumbada en la cama con la cabeza enterrada en las almohadas.

Cerró con cuidado la puerta tras de sí y se apoyó en ella. Aunque la amaba y ella a él, le había roto el corazón. Pero durante las últimas cuatro semanas había aprendido que la manera de lidiar con Gemma consistía en hacerle creer que ella controlaba la situación, aunque en realidad no fuera así.

–Gemma.

Se incorporó tan bruscamente que Callum pensó que iba a caerse de la cama.

–¡Callum! ¿Qué estás haciendo aquí? –preguntó

poniéndose en pie con rapidez y enjugándose los ojos con las manos.

—Yo podría preguntarte lo mismo, al fin y al cabo ésta es mi casa —replicó él cruzándose de brazos.

Ella hizo un gesto con la cabeza para retirarse el pelo de la cara.

—Sabía que no estabas aquí —dijo como si eso lo explicara todo.

—Por eso te marchaste de Australia, dejaste un trabajo a medio terminar y te subiste a un avión a pesar de que odias volar. Todo eso para venir aquí. ¿Por qué, Gemma?

Ella alzó la barbilla y lo miró, arisca.

—No tengo por qué responderte; no es asunto tuyo.

Callum apenas pudo disimular una sonrisa. Se apartó de la puerta y empezó a acercarse a ella.

—Ahí te equivocas. Sí es asunto mío, profesional y personalmente hablando. Profesionalmente porque te contraté para que hicieras un trabajo que no estás haciendo. Y personalmente porque todo lo relativo a ti me lo tomo como un asunto personal.

Ella alzó la barbilla un poco más.

—Pues no sé por qué.

—Entonces, Gemma Westmoreland, déjame que te lo explique —dijo acercando su cara—. Es un asunto personal porque tú lo eres todo para mí.

—Eso no es verdad —saltó—. Ve y díselo a la mujer con la que te vas a casar. Esa mujer que es tu alma gemela.

—Ya lo estoy haciendo. Tú eres esa mujer.

Ella entrecerró los ojos.

—No, no lo soy.

–Sí lo eres. ¿Por qué crees que he pasado aquí tres años trabajando como un animal? No porque necesitara el trabajo, sino porque la mujer que amo desde el momento en que la vi estaba aquí. La mujer que, como supe desde un principio, estaba destinada a ser mía. ¿Sabes cuántas noches me he ido a esta misma cama pensando en ti, esperando pacientemente a que llegara el día en que pudiera hacerte mía en todos los sentidos?

No le dio la oportunidad de replicar. A juzgar por su expresión de asombro no hubiera podido de todas maneras, así que continuó.

–Te llevé a Australia por dos razones. La primera, sabía que podías hacer el trabajo y la segunda, quería cortejarte en condiciones y en mi propio terreno. Quería mostrarte que era un hombre digno de tu amor y confianza. Quería que creyeras en mí, que supieras que nunca te rompería el corazón porque siempre iba a estar a tu lado. Para darte lo que tú quisieras. Te amo.

Sabía que había llegado el momento de callarse y oír lo que ella tenía que decir. Gemma se sacudió la cabeza como para despejar su mente y lo miró enfadada.

–¿Me estás diciendo que yo soy la razón por la que te quedaste a trabajar para Ramsey y que me llevaste a Australia a decorar tu casa con la intención de conquistarme?

Ella lo había explicado con otras palabras, pero la idea era la misma.

–Sí, así es más o menos. Pero no olvides la parte en la que he dicho que te amo.

Ella agitó las manos en el aire y empezó a recorrer la habitación de un lado a otro, airada.

–¡Me has hecho pasar por todo esto para nada! Me hiciste creer que estaba decorando la casa para otra mujer, que tú y yo estábamos viviendo una aventura que no conducía a ningún sitio.

Se detuvo y frunció el ceño.

–¿Por qué no me dijiste la verdad?

Él cruzó la habitación para situarse junto a ella.

–No estabas preparada para oír la verdad; no te la habrías creído –dijo con dulzura y, sonriendo, añadió–: Amenacé con secuestrarte, pero Ramsey pensó que eso era ir demasiado lejos.

Sus ojos se abrieron como platos.

–¿Lo sabe Ramsey?

–Por supuesto. Tu hermano es un hombre inteligente. No hubiera podido quedarme tres años aquí acechando a su hermana sin que él se diera cuenta.

–¿Acechándome? Quiero que sepas que yo…

Callum consideró que ya había hablado demasiado y decidió callarla tomándola en sus brazos y besándola. Cuando le introdujo la lengua entre los labios pensó que ella podía morderla o aceptarla. La aceptó y pronto empezó a enredarse con la suya. Gemma le rodeó el cuello con los brazos y respondió a su beso como él le había enseñado. Él se separó momentáneamente para decir:

–Te amo, Gemma. Te amo desde el primer momento en que te vi; en ese instante supe que eras la mujer de mi vida, mi alma gemela.

Gemma apoyó la cabeza en el pecho de Callum y enlazó sus brazos alrededor de su cintura, aspirando su aroma, recreándose en su amor. Todavía estaba recuperándose de su declaración de amor. El corazón le iba a estallar de felicidad.

—Gemma, ¿quieres casarte conmigo?

Ella lo miró a los ojos y vio en ellos lo que no había visto antes.

—Sí, quiero casarme contigo, pero…

Callum se echó a reír.

—¿Hay un pero?

—Sí. Quiero que me digas todos los días lo mucho que me quieres.

Él puso los ojos en blanco.

—Has pasado demasiado tiempo con mi madre, mi hermana y mis cuñadas.

—Puede ser.

—No me supone ningún problema.

Él se sentó en la cama y la atrajo hacia sí para sentarla en su regazo.

—No contestaste a mi pregunta. ¿Por qué estabas aquí en lugar de en tu propia casa?

Ella bajó la mirada y comenzó a juguetear con los botones de su camisa. Finalmente lo miró a los ojos.

—Te va a sonar raro. Regresé a casa para olvidarme de ti, pero una vez llegué tuve que venir aquí para sentirme cerca de ti. Pensaba dormir aquí esta noche porque es donde dormías tú.

Callum la abrazó con fuerza.

—Tengo noticias que darte, Gemma: esta noche dormirás aquí. Conmigo.

Entonces sacó una cajita del bolsillo de su chaqueta y le deslizó un anillo en el dedo.

—Para la mujer que me enamoró desde el momento en que la vi. Para la mujer que amo.

Los ojos de Gemma se llenaron de lágrimas al ver el precioso anillo que Callum le acababa de dar. Se quedó sin respiración. Recordaba aquel anillo. Lo había visto el día que salió de compras con las Austell y entraron en la joyería. Gemma le había dicho a Le'Claire lo mucho que le gustaba.

—Oh, Callum, ¿también lo sabe tu madre?

—Querida, lo sabe todo el mundo –sonrió–. Les hice prometer que guardarían el secreto. Para mí era importante cortejarte como te mereces. Sé que no has salido con muchos chicos y quería demostrarte que no todos los hombres son unos rompecorazones.

Ella le echó los brazos al cuello.

—Vaya si me cortejaste. Pero yo no me di cuenta. Supuse que con las flores, el cine y los picnics en la playa querías demostrarme lo mucho que me apreciabas…

—¿En la cama?

—Sí.

—Eso era lo que temía: que pensaras que era una cuestión de sexo, porque no era así. Cuando te dije que te daría cualquier cosa que quisieras, hablaba en serio.

Ella descansó la cabeza sobre su pecho unos instantes antes de levantarla y preguntar:

—¿Crees que has malgastado tres años de tu vida aquí, Callum?

Él negó con la cabeza.

—No, porque me dieron la oportunidad de amarte en la distancia, de verte crecer y madurar hasta convertirte en la preciosa mujer que eres hoy. Fui testigo de cómo aprendiste a ser independiente, y me sentí muy orgulloso de ti cuando obtuviste aquel contrato con el Ayuntamiento, pues sabía que eras una mujer muy capaz. Eso fue lo que me dio la idea de comprar la casa para que tú la decoraras. Ése será nuestro hogar y la casita de la playa será nuestro rincón secreto –se detuvo unos momentos–. Sé que echarás de menos a tu familia y…

Gemma llevó un dedo a sus labios.

–Sí, echaré de menos a mi familia, pero mi hogar estará donde estés tú. Vendremos de visita, y eso será suficiente para mí. Quiero irme a Sidney contigo.

–¿Y tu empresa?

Gemma sonrió.

–La cerraré. Ya he abierto otra en Sidney, gracias a ti. Tendrá el mismo nombre pero distinta ubicación. Te quiero, Callum. Quiero ser tu esposa y tener tus hijos y te prometo que siempre te haré feliz.

–Oh, Gemma.

Le acunó el rostro con ambas manos y le rozó suavemente la boca con los labios antes de besarla profundamente.

En ese momento sonó el teléfono y él alargó el brazo para descolgar el auricular.

–Seguro que es mi madre para averiguar si todo ha ido bien.

Tomó el auricular.

–Dígame –asintió varias veces–. Está bien, vamos de camino.

Miró a Gemma y sonrió.

–Era Dillon. Chloe ha roto aguas y Ramsey la ha llevado al hospital. Parece que esta noche tendremos con nosotros a un nuevo Westmoreland.

Callum y Gemma no tardaron en llegar al hospital, que estaba ya abarrotado de familiares.

–Ya ha llegado el bebé –anunció Bailey, emocionada–. Ha sido una niña, como queríamos las chicas.

–¿Cómo está Chloe? –preguntó Gemma.

–Ramsey salió hace unos minutos para decir que estaba bien –dijo Megan–. Ha sido un nacimiento inesperado.

–Es verdad, no la esperábamos hasta la semana que viene –dijo Dillon sonriendo. Miró a su mujer, Pam, que también estaba embarazada y la atrajo hacia sí–. Estoy un poco nervioso.

–¿Ha llamado alguien al padre de Chloe?

–Sí –dijo sonriendo Lucia, la mejor amiga de Chloe–. Está contentísimo de ser abuelo. Vendrá mañana.

–¿Cómo se va a llamar? –preguntó Callum.

Habló Derringer.

–Le van a poner Susan por mamá. Y de segundo, como la madre de Chloe.

Gemma sonrió. Sabía que Chloe también había perdido a su madre a una edad temprana.

–Estupendo. La primera nieta de nuestros padres. Estarían orgullosos.

–Y lo están –dijo Dillon dándole unos amistosos golpecitos en la nariz.

–Oye, ¿es esto un anillo de compromiso? –preguntó Bailey a voz en grito, agarrando la mano de Gemma.

Gemma miró a Callum y le sonrió con cariño.

–Sí, vamos a casarnos.

La sala de espera se llenó de gritos alborozados. Los Westmoreland tenían mucho que celebrar.

Zane miró a Dillon y a Pam.

–Supongo que ahora depende de vosotros que los hombres seamos mayoría en esta familia.

–Eso –convino Derringer.

–Vosotros dos podríais encontrar a chicas con las que casaros y empezar a tener vuestros propios niños –le dijo Megan afectuosamente a sus hermanos.

La sugerencia hizo lo que Megan esperaba: callarles la boca.

Callum estrechó a Gemma entre sus brazos. Se miraron. Les daba igual que fueran niñas o niños: simplemente querían tener hijos.

—¿Contenta? –preguntó Callum.

—Muchísimo –susurró ella.

Callum se inclinó y le dijo al oído lo que pensaba hacer en cuanto regresaran a casa.

Gemma se sonrojó.

Megan miró a su hermana.

—¿Estás bien, Gemma?

Gemma sonrió, miró a Callum y luego a su hermana.

—No podría estar mejor.

Epílogo

Nada hay tan espectacular como la boda de un Westmoreland. Y ésta fue especial, pues llegaron invitados de muy lejos, de Australia y Oriente Medio. Gemma miró a las chicas solteras que esperaban para atrapar el ramo. Se dio la vuelta, cerró los ojos y lo arrojó por encima de su cabeza. Cuando oyó los alborozados gritos, se giró y sonrió. Había caído en manos de Lucia Conyers, la mejor amiga de Chloe. Miró al otro lado de la sala y vio a los dos bebés. Siguiendo los pasos de su prima Susan, Denver, el hijo de Dillon y Pam, también había llegado antes de lo previsto.

–¿Cuándo podremos escabullirnos?

–Has esperado tres años. Tres horas más no te van a matar –replicó ella en broma al que era su marido desde hacía dos horas.

–Yo no estaría tan seguro –respondió él.

Tenían las maletas hechas para su viaje a la India, como habían planeando. A continuación viajarían a Corea y Japón.

Callum tomó la mano de su esposa mientras recorrían la sala de baile. Ya conocía a los Westmoreland de Atlanta, pues se los habían presentado en las reuniones familiares a las que él asistía como invitado. A partir de entonces acudiría a las mismas como miembro de pleno derecho del clan Westmoreland.

–¿Cuánto quieres tardar en encargar un bebé?

Gemma, que estaba bebiendo una copa, estuvo a punto de ahogarse. Él le dio unos golpecitos en la espalda y sonrió.

–¿Podemos esperar al menos a quedarnos solos? ¿Por qué tengo la sensación de que contigo no voy a tener ni un momento de aburrimiento?

Él la atrajo hacia sí.

–Porque no lo tendrás. Recuerda que yo sé lo que quiere una Westmoreland. Por lo menos, lo que quiere la mía.

Gemma enlazó sus brazos alrededor del cuello de Callum.

–Ahora soy una Austell –anunció con orgullo.

–Lo sé. Y créeme, nunca dejaré que lo olvides.

Y, tomándola entre sus brazos, la besó apasionadamente delante de todos los invitados. Tenía entre sus brazos lo único que siempre había querido.

Deseo™

Con la ayuda del jeque

TESSA RADLEY

Prácticamente en la ruina, Tiffany
Smith no podía pedirle ayuda a nadie
salvo al guapísimo banquero Rafiq Al
Dhahara. ¿Pero a qué precio?
Él no podía creer que sólo fuese una
chica inocente que estaba pasando
por un mal momento, pero su des-
confianza no evitó que Tiffany se que-
dase prendada de él... y pasara en su
cama una apasionada noche.
Meses después, Tiffany se encontró
de nuevo a merced de Rafiq. Quería
darle la noticia de su embarazo, pero
convencerlo de que era el padre de su
hijo iba a ser una tarea difícil.

Embarazada del jeque

Acepte 2 de nuestras mejores novelas de amor GRATIS

¡Y reciba un regalo sorpresa!

Por un millón de dólares… ¡una amante a su merced!

Sin casa y sin dinero, Cleo Taylor buscaba un puesto de trabajo digno. Estaba dispuesta a aceptar cualquier tipo de empleo…

El magnate de los negocios Andreas Xenides buscaba a una mujer hermosa para un trabajo muy especial en la isla de Santorini.

Términos del contrato: amante durante un mes.

Salario: un millón de dólares.

No se precisaba experiencia…

Amante por dinero

Trish Morey

Deseo™

El mejor de los amigos

NICOLA MARSH

Abby Weiss podía convertirse en una afamada estilista gracias a una sesión de fotos de dos semanas en una paradisíaca isla tropical. Y aún mejor: Judd Calloway, su mejor amigo, sería el fotógrafo.

Nada podría ser más divertido que trabajar a su lado... excepto vivir unas tórridas noches de pasión con él. Tras años sin verse, Judd se había convertido en un hombre muy atractivo, además de encantador. Abby no podía quitarle las manos de encima... y la atracción era mutua.

Trabajadora por el día...
traviesa por la noche